策　划　刘长明
　　　　米吉提·卡德尔
　　　　古力先·吐拉洪?
主　编　张新泰
　　　　于文胜

新疆探险记

武夫安　著

新疆美术摄影出版社
新疆电子音像出版社

图书在版编目（CIP）数据

　　新疆探险记/武夫安著．—乌鲁木齐：新疆美术摄影出版社：新疆电子音像出版
社，2007.4（2011.1重印）

　　ISBN 978－7－80744－100－7

Ⅰ．新…　Ⅱ．武…　Ⅲ．探险—新疆　Ⅳ．N82

中国版本图书馆 CIP 数据核字（2007）第 027391 号

新疆探险记

策　划	刘长明　米吉提·卡德尔　古力先·吐拉洪	
主　编	张新泰　于文胜	
作　者	武夫安	
图片提供	甄希林　晏先文　昊竹山　李璐	
责任编辑	吴晓霞	
审　读	杨荣义	
装帧设计	党红　王霞	
出　版	新疆美术摄影出版社	
	新疆电子音像出版社	
社　址	乌鲁木齐市西虹西路36号　邮　编　830000	
发　行	新华书店	
印　刷	北京中创彩色印刷有限公司	
开　本	787mm×1092mm　1/16	
印　张	12	
字　数	82千字	
版　次	2011年1月第2版	
印　次	2014年4月第2次印刷	
书　号	ISBN 978－7－80744－100－7	
定　价	29.80元	

目　录

1

新疆探险记

第三章　夏特古道的传说 ………………………

那是一个等待破译的密码，大自然用神奇悬赏破
译者。

第四章　梦幻记旅 ………………………………

一种文化的高度和一座山的高度同样让我着迷，无
论是精神上的疯狂，还是行为上的迷途，我都以嚎叫的方
式表达我的情感。因为，走着就是进步。

新疆探险记

引　子

　　探险与发现是一种文化挖掘、思考与整理的过程。然而，这个过程需要的是勇气、胆量和牺牲，古往今来任何一次的探险活动都是如此。正是这种精神的存在，人类对自然界的认识才得到了进一步的深化和提高。每一次的探险与发现活动对人类历史的发展进程都有着巨大的意义。

　　在人类还没有大规模开通海上通道之前，陆上交通作为东西方交流与沟通的纽带显得尤为重要，于是，那满载丝绸的驼队就这样在不经意间踩出了一条"丝绸之路"。它作为人类文明进程中的一个重要标志镶嵌在人类历史的长河中，至今依然烁烁生辉。

　　丝绸之路是指东起中原，横穿中亚，西至欧洲的一条古代国际商业之路。1877年德国地理学家李希霍芬第一次提出了"丝绸之路"这一术语。1910年德国汉学家艾伯特·赫尔曼出版了自己的著作，书名中也用到了"丝绸之路"几个字（书名是《中国与叙利亚之间的丝绸之路》）。从此，丝绸之路的名气就越来越大了。

　　到了十五六世纪以后，海上交通兴旺发达了起来，东西方的商贸交流活动也由陆上通道改为了海上通道。随着岁月的流逝，丝绸之路作为国际商贸交流活动的大通道渐渐地淡出了历史的舞台，陷入了永远的沉寂。从此，荒芜了古道、驿站，湮没了驼铃声声。

到了 19 世纪，新疆特有的地理位置和历史文化的积淀，成为中外探险家不惜代价接连不断地来到新疆的一个重要原因，从此揭开了到新疆探险的序幕……

首先来到这片土地上探险考察的是俄国人。1845 年，俄国地理学会成立，这个学会的成立是出于俄国的政治需要，当时这个国家正在实施对外扩张，拓展其势力范围。

从 1845～1945 年的一百年里，俄国地理学会先后在勒拿河和新地岛上建立了首批极地勘察站，随后派遣探险队深入新疆的天山山脉及戈壁沙漠腹地、西藏高原以及辽阔的西伯利亚地区进行考察。由于地理考察与政治军事密切相关，所以在时间上和行动方向上，俄国对新疆地理探险考察与其军事推进是同时进行的。

1854 年，古尔班阿里玛图被沙俄侵占改名维尔内后，这个地方便成为沙俄时期各支考察队走进新疆探险的大本营。

1855 年，沙俄军事地形测量团陆军上尉沃罗丁，对外伊犁地区以及天山山脉的军事地形测量就是从这里出发的。后来的谢苗若夫、乔坎、瓦里汉若夫等人到我国境内的伊犁、喀什噶尔等地区的考察活动也是由这里启程的。

瑞典探险家斯文·赫定从 1890 年起先后 4 次到新疆境内，对被称为"冰山之父"的慕士塔格峰进行考察，然后由北至南，穿越塔克拉玛干沙漠，试图前往和田，途中他丢失了全部考察仪器，还差一点命丧大漠。

最早到罗布泊考察的中国人是刘锦棠。清光绪年间，随着清军击败阿古柏入侵以及沙俄归还伊犁，清政府听从封疆大吏左宗棠《遵旨统筹全局折》中"为久安长治之策，纾朝廷西顾之忧，则设行省，改郡县"的倡议，于 1882 年正式批准建省方案。两年后，刘锦棠出任新疆第一巡抚，1884 年遂被作为新疆建省的标志。

新疆巡抚刘锦棠于光绪十二至十三年（1886～1887年）间组织人员进行了一次由甘肃启程，穿过罗布泊，沿塔克拉玛干大沙漠至和田地区的实地勘察。此次探险考察活动是此前清康、乾年间数次地理勘察之继续和延伸。

探察队分两路进行，北道出敦煌西门，渡党河西行，抵今吐鲁番地区，其间记述地名29个；南道出敦煌西南行，穿越罗布泊，往西直达和田，此间记述地名32个。

新中国成立后，新疆的若干次大型的探险活动，由于各种原因对外报道的一是不多，二是不够具体。本书作者通过大量地采访当年的探险家，呈现在读者面前的就是具有代表意义的几次探险考察活动的纪实。

3

新疆探险记

第一章

脚下的木孜塔格

希望在方寸之间，生命悬于一线，信念是永久的蓝天。

初探木孜塔格峰与死神零距离接触

　　1984年，新疆的山峰的探险活动还没有正式对外开放，经过国家有关部门批准，新疆登山队与美国高山俱乐部登山队计划攀登新疆与西藏、青海三省接壤的昆仑山脉东段的最高峰木孜塔格峰。在此之前没有人登上过这座山峰，是座处女峰。其当时对外宣称的是海拔7723米。为了掌握木孜塔格峰的具体情况和可靠数据，新疆维吾尔自治区领导决定由新疆登山队先登一次木孜塔格峰，为中美联合登山队的登山做准备。这次任务无疑就落在了新疆登山队队长甄希林的肩上。

　　木孜塔格峰地处新疆和西藏交界处，阿尔金山自然保护区的西南边缘，昆仑东段，可可西里山脉崇山峻岭之间，羌塘高原和新疆若羌县境内的阿尔金山自然保护区西南部交接处。在它的周围20千米范围内，海拔6000米以上的高峰，虽然有16座，但是都没有比它更高大雄伟的了。

　　木孜塔格峰挺拔瑰丽，海拔6973米。山峰周围现代冰川总面积达700余平方千米，最长的一条冰川长达17.4千米，是南疆一些河流和山间湖泊的发源地。木孜塔格峰，是中外学者、探险家、登山家久已心仪神往的冰峰。但由于那里极其恶劣的气候条件，十分复杂的地形，闭塞的交通，险绝的地理位置，使这座著名的山峰，在20世纪80年代以前一直是人们十分向往却又不敢涉足的处女峰。

　　木孜塔格，维吾尔语的意思是"冰山之子"。它和帕米尔高

原上的“冰山之父”——慕士塔格峰名字含义正好相对应。那一带地形非常复杂。以前从来没有任何人去过那一带。过去木孜塔格峰在中国地图上标示两种海拔，一是 6973 米，二是 7723 米。究竟那一种准确，一直搞不清楚。这一次登山之后，才确定了第一种是对的。

1984 年 10 月，木孜塔格峰的登山队探路，从阿尔金山东部进山，到阿其克库勒湖，渡月牙河，这一路上的颠簸、辛苦就不细说了。登山队的大本营（一号营地）设在离木孜塔格峰不太远的一道小河床里。放眼望去，木孜塔格峰好像一座天然金字塔，显得威风凛凛，洁白的峰体衬着蓝蓝的天。

那一天是 10 月 6 日。经过一番考察和研究，登山队选定了一条最佳路线，然后确定了攀登方案。队长甄希林，登山队员有郭锦卫、胡峰岭、李春元，每人背了大约三十千克重的给养、装备，告别了同伴，便从大本营——一号营地出发了。

一开始就是一大段不好走的路。从大本营到山脚下必须通过一片海拔约 5600 米的高地，还得穿越好长的一截冰川，他们 4 个人足足走了 4 个小时才穿越过去。此时，天色已经晚了，面前是木孜塔格峰前一座海拔 5823 米的“小”山峰，于是他们给起了个名字叫“瞭望峰”。当晚，他们就登上了瞭望峰的山腰，在海拔 5600 余米的地方设下了二号营地。

第二天一早，吃了点东西，正准备继续向上攀登时，才发现 4 个人中最年轻的李春元得了感冒，无法再随队行动！没法子，队员们匆匆忙忙商议了一下，决定把惟一的一顶帐篷留给他，再给他留下一半食品，甄希林等 3 人就上路了。

瞭望峰的山腰到峰顶 100 多米的高度，他们一直爬到下午 5 点多钟，用了近 8 个小时的拼搏，才算到了海拔 5823 米的瞭望峰顶部。从山顶往下走倒容易些，有些地方可以像玩滑梯那样一溜而下。可再往前走就更艰险了。几道碎石山坡，看起来像冰川

天山传奇丛书

摄影/甄希林

运动所造成的，又陡又滑，一不小心人就会滚到坡底下。真让人提心吊胆！用了3个小时，总算穿越了过去，来到了木孜塔格峰的山脚下。已经傍晚时分了，大家又困又乏，又饥又渴，想找个避风的地方扎营过夜。

甄希林没费多大功夫就发现了一处冰洞，里面又宽敞又暖和，好像一座天然水晶宫。用冰镐稍微刨刨平，躺下来就别提多舒服了。接下来开始做饭。甄希林正准备动手，这才发现清早从二号营地出发时，只顾安排小李了，忘了带食品和灶具。这可抓瞎了。谁都知道，在那零下二十多摄氏度的冰山雪地里，补充不上足够的热量意味着什么！3个人手忙脚乱地把背包翻了个底朝天，结果只找到了几小块巧克力。太少了！得尽量让队员得到的热量多一点儿才行。于是甄希林想来想去，最后，他把装莫合烟的小扁盒略为砸了砸，修得口儿稍大些，把巧克力放进去，加一些冰块，煮成糊糊，大家轮流喝了几口。这就算是大家的"晚餐"了。

3个人的心情都很沉重，他们的处境糟透了，吃不上东西且不说，最重要的探路侦察的任务很难完成，而且能否活着回去都成了问题。此时他们只有一壶燃料，这是他们的命根子。有了它，还可勉强保证他们生存，其余的，只能靠他们自身的体质和运气了。

3个人又一致同意，只能前进，绝不能半途而废，前面就是刀山火海，他们也要闯一闯！

当夜他们只睡了两个多小时。第二天早上5点半他们便摸索着起了"床"，又喝了些巧克力糊糊，就踩着月光，赶着时间奔向了主峰。

大家的体力在不断消耗越来越难以支撑了，一步一晃，一步一喘，慢慢腾腾往上爬。后来他们干脆把睡袋、鸭绒衣……能甩下的东西都留在中途，摄影机、照相机虽然重，但是还得背上。

要是拍不回冰峰的宝贵资料，那可就白来一趟了！

　　大家又是 6 个小时的艰难行军，饥饿、疲劳加高山反应，郭锦卫终于支撑不住了。当时他们已上爬到了 5800 余米的高度。为了同伴不出意外，甄希林当即决定让郭锦卫下撤，回到他们存放衣物的位置上。

　　这样，他们一行 4 人，分散到了 3 个地方，登山队只剩下甄希林和胡峰岭两人了。他们咬紧牙关，走一步晃三晃，走一步喘好几口气。就这样，还要采集标本、拍资料片！

　　大约又跋涉了 7 个小时，他们俩终于登到了海拔 6800 米的高度。甄希林这一辈子也忘不了那是 10 月 8 日 19 时许，他们离峰顶只差百余米了。可是，他们整整 3 天没吃饭了，精力、体力的透支已到极点。当时山上狂风大作，随时都有把他们刮下山的危险。胡峰岭的双脚冻伤了，但他一直都没说，天色已晚，往上摸也实在太危险……甄希林也感到天旋地转，眼冒金星，但还是冷静地作出了决断：峰顶端已经一目了然，没有什么了不起的障碍了，他们侦察探路的任务已经完成了，就决定下撤。

　　回来的路上风光可真太美了：挺拔的冰峰、冰丘，飞泻而下的冰川、冰瀑，奇妙的冰塔林、冰蘑菇，天蓝色的冰湖、冰河

摄影/甄希林

……简直就是白雪公主的宫殿。可当时，他们哪顾得上欣赏如此美景啊！

上山容易下山难。要知道，冰峰上哪里有"路"啊，他们只能借助于登山鞋上的冰爪，手中的冰镐，还有把他俩连在一起的登山绳索，这儿踹出个雪窝窝，那儿刨出个冰坑坑，一点一点往下蹭。胡峰岭因冻伤了的双脚也就不利索了，再加上神志也不清，冷不丁地脚下一滑跌倒在地，紧接着便顺着陡峭的冰坡往下滑坠——哎哟，还没等甄希林反应过来是怎么一回事，跟着登山结绳狠命一拽，也就懵头懵脑地滑了下去。

尽管他俩滑坠的速度快得像飞，根本无法控制自己，但甄希林的头脑是清醒的，他想再不能这样滑下去啦，下面是3000多米的深谷，掉下去怕是连骸骨都拣不到整个儿的了！胡峰岭已经昏迷过去了，冰镐也早撒手丢了。可甄希林的手还紧攥着，于是甄希林一面尽量恢复身体的平衡，一面拼死力地按住冰镐压在冰坡上。

猛然间，甄希林只觉得身子往下一坠，睁眼一看，咦，他停住了。冰镐挂在一道冰裂缝里，把他给拖住了！胡峰岭也躺在一片冰斜坡上一动不动，停住了。这可有救了！甄希林大喊了小胡几声，胡峰岭没有反应。他活动了一下手脚，还有知觉，赶紧用冰爪在冰坡上凿出几个洞，把双脚先固定住，再摸出冰钉钉在冰坡上，用绳子把身体牢牢捆扎在冰钉上。然后一面呼喊着一面连滚带爬地去救援胡峰岭。胡峰岭一只登山鞋甩丢了，他还是一动不动地躺着。甄希林带着哭腔不停地喊叫，他用手摸了摸胡峰岭，发现胡峰岭仍有鼻息，还活着！甄希林心里这才踏实了一些，紧接着急忙扶胡峰岭坐起来，又向坡上看了看。还好，胡峰岭的登山靴子就挂在上面不远处，甄希林捡回来帮胡峰岭穿上，并抚胸捶背地折腾了他一会儿，胡峰岭才终于清醒了过来。

甄希林凭着多年的登山经验知道此处不能停留。他搀扶着胡

峰岭，辨认了一下方向。不可能回到来路上去了。他们糊里糊涂地向下滑坠了 300 多米了！还好，月光下，瞭望峰顶显得那么清晰，那么亲切，好像在向他们召唤。他们跌跌撞撞地往下走。若不是"活下去，活着出去"的念头一直在给甄希林打着"强心剂"，他肯定要瘫倒在冰雪当中。那时他的耳朵里只有他俩的脚步声。甄希林在用心听着自己的脚步声，因为每迈出一步他们便离生命线又近了一步。实在走不动了就爬一阵儿，稍恢复了点儿体力便又挺起来走。前两天，甄希林还时时胃痉挛，因为已经饿得前心贴后心了。今天好像肠胃也停止了蠕动，他根本什么感觉也没有了。有时感到嗓子冒烟，他就趴下去啃几口冰雪，走一阵儿，爬一阵儿，再啃几口冰雪……

恍恍惚惚间，前面似乎有个人——是郭锦卫！他们终于又会合到一处。这时的胡峰岭已处于半昏迷状态，甄希林也蔫了，只感到一阵阵虚脱，索性就在这冰川上过夜吧。郭锦卫给胡峰岭搓了好一回脚，直到胡峰岭有了知觉。他们钻进冰凉的睡袋，呼呼大睡了过去。

他们睡得十分香甜，可是还免不了被冻醒。3 个人大眼瞪小眼地笑了起来，为都还活在人世庆幸了一番。

甄希林和胡峰岭的体力严重地不支，他和胡峰岭相互搀扶着一点一点地往下蹭。郭锦卫可支撑，就先下去搬救兵，约好当夜在二号营地会合。无意间，甄希林的手碰到了裤子口袋，感觉什么东西硬邦邦的。水果糖！一共 6 块！那天是 10 月 9 日，他们已经是 4 天水米未进了。甄希林一下子来了精神。并不是这 6 块水果糖真有那么神奇，而是它使他们又燃起了"生"的希望之火。

一步……十步……足迹在丈量着他们生命的价值，脚步在缩短着他们摆脱死亡的距离。胡峰岭终于坚持不下去了，他们只好又在一个山洞里面歇了一夜。好在二号营地的帐篷已经遥遥可见

了，显得那么鲜艳，那么漂亮。甄希林把胡峰岭安置好，然后大口大口地喘着气，费尽九牛二虎之力，才爬上了那一小段平常不费吹灰之力就能爬上的小坡。帐篷里没人！然而罐头全都打开了盖，其他食品也全摆放齐整。甄希林双眼模糊了，赶紧操起水果罐头便"倒"进嘴里。郭锦卫、李春之哪儿去了呢？钻出帐篷朝来路上一望，甄希林心里一下子激动万分，41岁的汉子，眼泪一下子便涌了出来。只见峰下，几件鲜红的羽绒服在蠕动，那准是大本营的领导和同志们救他们来了。甄希林大声哭喊，连滚带爬地便扑了下去……

当他们在大本营里大口吞咽着茶壶煮出来的热面条时，感觉那是在吃世上最好的"山珍海味"了。

大家七嘴八舌地讲述了经过：李春元在二号营地病了两天，茶饭未进，已开始出现脱水症状。他独自一人向大本营返回，体

摄影/甄希林

力消耗光了。营救人员发现他时，他正在冰河边喝水，站都站不起来了。但是当赵子允、黄明敏、顾川生等一行上山寻找他们时，他坚持着充当了向导……

郭锦卫到了二号营地后，点上所有的蜡烛等了其他队员一夜，过了约定时间不见人，情知事情不妙，便急忙晃晃悠悠地下山向大本营告急。没想到半道上一头凶猛的猞狸悄悄跟踪了他半天，还在他四周绕着圈儿和他对峙了好一阵儿。郭锦卫紧攥冰镐准备玩命了。猞狸离去后，他也瘫了。后来他下到一号营地，大呼"救人"后便昏死了过去……

据营救人员说，发现甄希林和胡峰岭的时候，他俩都已奄奄一息了。

大家发现他们后，全是哭喊着奔了上来。尤其看到他们还背着沉重的器材和胶片，更是激动得不得了……

这次九死一生的侦察探险，准确地测量出了木孜塔格峰的海拔为 6973 米，而不是原来的海拔 7723 米，从此中华人民共和国藏北高原上的木孜塔格峰的高度变成了 6973 米。新疆登山队拍摄了大量的电影胶片资料，掌握了大量的科考数据，同时为次年的中美联合考察队探明了道路，也为后来的特种旅游开辟了线路。

出发，向着梦想与辉煌

　　1985年9月，中美联合登山队正式组成。前美国总统布什担任美方名誉队长，原新疆维吾尔自治区党委副书记、自治区主席铁木尔·达瓦买提担任中方名誉队长，自治区体委党组书记、副主任吕铭任中美联合登山队总队长，中方队长是甄希林。

　　9月21日早晨，新疆维吾尔自治区首府乌鲁木齐天空晴朗，自治区体委大院里人声鼎沸，热闹非凡，几十名中美联合登山队员身着驼色的登山服整装待发，数百名队员家属、学生、干部特地赶来参加这次中外探险队员征服木孜塔格峰的欢送仪式。

　　10 时 30 分，新疆维吾尔自治区体委党组书记、副主任、中美联合登山队总队长吕铭激动地宣布："中美联合登山队征服木孜塔格格峰活动正式开始！"

　　整个会场沸腾了！锣鼓喧天，鞭炮齐鸣。欢送的人群簇拥着出征的队员登上车。车辆徐徐起动，穿过前来送行的人墙。车上车下相互招手致意，很多人流出了激动的泪水，场面非常地壮观。

　　告别了繁华都市和热闹的场面，中美联合登山队正式踏上了艰难的征程，经过了 4 个小时长途跋涉以后，中美联合登山队的先头车辆停靠在托克逊县城南，等待后面的车辆上来，准备吃离家后的第一顿野餐。这时，一辆乳白色丰田面包车驶过来。年过半百的吕铭书记笑吟吟地从车里走出。

　　原来，为了中美联合登山队能够顺利抵达目的地，她特意陪登山队多走了一程。一路上，她和有关人员再次全面论证了登山过程中的各项事宜，对队员们嘘寒问暖，并且鼓励队员。到达南疆重镇库尔勒市后，她才和大家一一握手告别……

这次探险路线很长，贯穿整个南疆地区，走新疆与青海的交界处，是中国登山史上进山路线最长的一次。在这期间，中美联合登山队将要经过几个中国之最：出库尔勒市，沿中国最大的沙漠——塔克拉玛干沙漠的东北部；绕道中国面积最大的县——若羌县；出若羌，路经中国石棉储藏量最大的石棉矿——兵团36团石棉矿和青海省茫崖石棉矿；然后，进入中国最大的自然保护区——阿尔金山自然保护区。绮丽的大西北风光、富饶的矿藏资源和各种珍稀的野生动物，激发了广大中方队员强烈的爱国热情，也博得了美方队员的由衷赞叹。

阿尔金山自然保护区与青海的可可西里自然保护区接壤，它的南面和东面是莽莽的昆仑山。阿尔金山自然保护区始建于1983年5月，保护区面积占当时中国自然保护区总面积的27.6%，是迄今国内最大的自然保护区。保护区内现有野生动物359种，其中国家一类保护动物藏羚羊、藏野驴、野牦牛等12种，二类保护动物黄羊等17种，高寒植物267种，分30个科83属。

南疆人民的质朴和热情好客，时时刻刻感动着中美联合登山队员。他们每到一地，都会受到各族人民的热情欢迎和盛情款待。队员们还未到，招待所整洁的桌面上就已摆好了哈密瓜、西瓜、葡萄和香梨。即使在人烟稀少的路途上，队员们的车里也都载满了老乡送来的瓜果，队员们几乎全用这些瓜果解渴。

中美联合登山队到达若羌县城时，县委领导立刻派正在撰写县志的同志赶来采访，还专门请登山队参加少数民族歌舞晚会。

晚会上，大个子的美国队员杰福、福特和彼德、莫那兴致勃勃地跑到舞台下拍照。

由中美两国的数十名运动员、科考人员、记者、摄影师、医生、司机、炊事员等组成的联合登山队，其中年龄最小的17岁，最大的74岁。然而，共同的目标将这些语言不同，身份和经历也不同的队员紧紧联系在一起，结成一个严整的集体。

队伍赶到海拔 5400 米高的牙河谷地，刚架起大本营的帐篷他们就立刻规划出厕所区，挖出垃圾坑，清除卸车时散落在地上的包装纸、包装绳等，使这个高寒的"昆仑新村"从一诞生就显得十分干净、整洁。

10 月 1 日，蔚蓝色的阿其克库勒湖在朦胧的晨光中显得从容和静谧，仿佛还在安睡之中。在湖边的营地，中美双方队员早早醒来，亲切地互相问候。

尼古拉斯·克林奇先生起得也很早。这位联合登山队的美方登山队长，轻轻走出帐篷，找到中方队长甄希林深情地说："你好！今天是中华人民共和国国庆节，我代表美方全体队员，表示衷心祝贺！"甄希林高兴地说："您好！我们全体中方队员，感谢你们的情意！"

9 点 55 分，探险队披着朝霞，朝木孜塔格峰进发了。前来送行的阿尔金山自然保护区管理处的同志，向天空放了 9 枪。清脆的枪声划破高原的寂静，回响在在场的每个人的耳畔。

"今天是我们的国庆节！"所有中方人员，心里都涌起一种神圣的情愫呢。

这块神秘的土地给中外登山探险家留下了极为深刻的印象。美国哈佛大学教授巴博·贝茨说："我去过世界上四十多个国家，但是阿尔金山与昆仑山之间的神秘世界是我最喜欢的，也是最吸引我的。"美国动物学家凯希博士更断言："中国的这块处女地是各国动物学家未来的神往之地。"确实，任何人来到这里，都会为这里的奇异风光所吸引，都会说："阿尔金山自然保护区是一个美丽的地方！"

阿尔金山群山环抱，重峦叠嶂，自然保护区的周围，仅海拔6000 米以上的山峰就有 50 多座，其中最高的两座为位于保护区西南角的海拔 6973 米的木孜塔格峰和位于保护区东南角的海拔6860 米的布喀达坂峰。驻足保护区的中心极目远眺，只见周围

的冰峰像剑一样刺向苍穹，山间白云环绕，天空湛蓝，整个世界是宁静纯净的，仿佛世外桃源一般。据专家考察，在这一座座冰峰雪岭间共发育着380多条现代冰川，总面积达880多平方千米。这里的每条冰川都是一座立体水库，这380多座立体水库蕴藏着多么丰厚的水资源啊！它们从四面八方源源不断地流入保护区，为这里的动植物提供了取之不尽、用之不竭的水源。

岩溶地貌是300多万年前第三纪的产物，又称喀斯特地貌，位于盆地南部的阿尔喀山中，东起布喀达坂峰，西到阿其克库勒湖，总面积将近一万平方千米。这里，群峰林立，溶洞遍布，怪石嶙峋，造型各异。

在库木库勒盆地，那一望无际的大沙漠成了高原奇观了。在此之前，世界上公认南美洲的海拔3000米的阿塔卡玛沙漠是世界海拔最高的沙漠，但位于阿尔金山自然保护区南面鲸鱼湖以东的那片沙漠，海拔为4800～5000米，比阿塔卡玛沙漠还要高出2000米。

由于阿尔金山自然保护区是一个封闭的高原盆地，所有的河流均由高而低向盆地中央汇聚。每到盛夏冰雪消融之时，滴滴雪水，形成涓涓细流，最后汇成奔腾不息的大河。在没有阻碍时，这些河流急速流淌，遇到沙漠砾石时，它们时而潜入地下，时而又涌出地面。这些大大小小的溪流最后的总归宿，是汇入那十几个总面积达1200平方千米的高山湖泊。

保护区内最大的河流是发源于布喀达坂的皮提勒克河，它纵贯盆地后注入保护区最大的湖泊阿牙克库木湖，其面积达500多平方千米。其他较大一些的湖泊为阿其克库勒湖、鲸鱼湖。它们分别位于保护区的西部和南部。那些较小的湖泊，如克其克库勒湖、库木勒湖、依协克帕提湖等，则分布于保护区的东部大九坝草原一带。除少数较小的湖泊外，其余均为咸水湖。阿牙克库木湖是含盐分最高、矿化度最高的湖，固体含量高达16％，冬季也

摄影/甄希林

不结冰，有"不冻湖"之称，可与"死海"——艾丁湖相比高下。更令人称奇的是位于保护区南部昆仑山脚下的鲸鱼湖了。鲸鱼湖以外形酷似鲸鱼而得名，湖的东端因受冰川融水注入影响而为淡水，湖西因无淡水补给，含盐量几乎达到饱和状态，故又称"阴阳湖"。

在祁曼塔格山脚下，有一个名叫依协克帕提湖的美丽湖泊。"依协克帕提"在维吾尔语里是"陷毛驴子"的意思。据说，以前有一个商人赶着毛驴运货从这里经过，由于湖的四周均为沼泽和沙漠，结果是毛驴子为饮水而陷入沼泽不能自拔。商人无计可施，只好弃驴而去，从而留下了这个奇特的名字。依协克帕提湖是阿尔金山自然保护区内为数不多的淡水湖之一，面积约15平方千米，水深不足3米，外形呈蝌蚪状。清澈透明的湖水，四周无数如珍珠散落的喷泉，一条条细流汇入湖中。丰美的水草，畅游的鱼儿，众多的禽鸟，成群的有蹄类动物，使其成为最能体现阿尔金山自然保护区勃勃生机的地方。

到过阿尔金山自然保护区的人都会对这里众多的、奇妙的沙子泉留下难忘的印象。由于沙漠不断地将地面水源吸入地下，水在沙漠下汇聚多了，流到低洼处势必喷涌而出。在阿牙克库木湖南面一块狭长地带，散布着大大小小近千个泉眼如串串珍珠，而喷泉汇成的小河就如串连珍珠的金线。这就是著名的"明布拉克"（维吾尔语，"千眼泉"之意）。在一些新月形沙山旁，泉水喷涌出来，依沙丘而汇聚，形成一个个月牙形的小湖泊。人们由此会联想到敦煌的月牙泉，也把它们称之为"月牙泉"。更令人叹为观止的是，在保护区北部的沙山旁，有3个巨大的沙子喷泉日夜不停地向外喷涌，最大一个沙子泉直径为200米，流量为每秒240升。这3个沙子泉除形成一个总面积为2万平方米的小盆地之外，还汇流成一条宽阔的沙子河。沙子泉喷涌而出的都是经过层层过滤的饮用价值很高的矿泉水。渴了掬一捧，冰凉甘甜。保护区内众多的鸟类和有蹄类动物大都是靠这些淡水来维系生命的。

阿尔金山自然保护区是一个稀有植物资源丰富的地区。在保护区那众多湖泊周围的沼泽地上，在山溪及河流两侧，在沙子喷泉附近，在相对潮湿的地带，生长着分属不同科属的草本植物。以前，国外学者在考察过藏北及青海柴达木盆地后认为，在昆仑山一带生长有50余种植物。其实在阿尔金山自然保护区共生长着300余种植物，中国科学家经过细致的考察后纠正了这一错误判断。

位于保护区东部的大九坝草原，面积约一万平方千米。从这里可东进青海，西入若羌，历史上，这是一条民间通道。这里海拔相对较低，在3900～4400米，地势较为平坦，湖泊众多，植物丰茂，是优良的天然高原牧场，也是最能体现阿尔金山自然保护区植物种类多样性的地域。由于地处高原，这里没有明显的夏天，春秋季又十分短暂，高大的树木无法生存，仅有的几种灌木也逐渐矮化，紧贴地面。这里的牧草也大都生得矮小稠密，一般不超过10厘米。这些草本植物以菊科、兰科及十字花科为主，藜科与莎草生长缓慢，但富含蛋白质，糖及脂肪含量也比较高，因此营养价值也很高。

摄影/甄希林

木孜塔格，今夜有暴风雪

　　然而，这座被外界称为"处女峰"的木孜塔格好像不太欢迎这支探险队。中美联合登山队出发前和出发时天气都是非常的好，当中美联合登山队到达5700米高的二号营地时，突然而至的暴风雪像神话传说里的猛兽扑面而来，是那样的突然和凶猛，以致固守在5700米高的二号营地上的十几名中美登山队员没有任何思想准备，来不及采取任何对策，4顶色彩鲜艳的尼龙帐篷就被大雪淹了顶，此时的气温已经降到零下39摄氏度。

　　风在怒吼着，大雪漫天飞舞，发出野兽般的嚎叫，扑打着薄如蝉翼的尼龙帐篷。

摄影/甄希林

联合登山队中方队长甄希林此时心里却像着了火，人躺在帐篷里，心在想着这次活动，瞪着眼睛，毫无睡意。此时此刻他心潮澎湃，思绪万千。摆在他面前的任务，压在他身上的担子，其艰苦性和复杂性远远超过他历次指挥过的重大"战役"。

这支登山队美方队员 8 人，他们都是声名显赫的科学家、医学家、医学博士、登山家、名记者。他们不仅有很高的社会威望而且大家都有几十年的登山经历，有的还有登过 8000 米高山的经历。中方队员呢，平均年龄仅 21 岁，最小的才 18 岁，他们除了一个多月前在天山后峡有过十来天冰雪攀登训练经历外，有的甚至还没有见过真正的大山。他们一无经验，二缺技术，全凭敢于拼搏的精神、争做贡献的信心和决心。

这样一支登山队伍能配合默契吗？在中美联合登山队名誉队长、美国副总统乔治·布什访华期间，这支登山队能登上木孜塔格峰吗？

这可怕的暴风雪还要持续多久？现有的高山食品和登山装备会不会因为拖延时日而出现匮乏？50 多人的登山队伍会不会因为暴风雪的袭击而毁了这次世界瞩目的登山活动呢？

暴风雪越来越猛，一顶帐篷内不到两平方米却挤着 4 人。吹进帐篷的雪被做饭的汽油炉子烤化了，帐篷、睡袋、垫子、鞋、衣服全都是湿漉漉的。大家在帐篷旮旯里，一个个冻得瑟瑟发抖。

暴风雪持续了三天四夜，十几名登山队员真是度日如年。他们惟一的乐趣是做饭，那饭却是顿顿令人看了就恶心的方便面，不吃挨饿，吃下作呕。

胡峰岭说："我们有信心拿下木孜塔格峰。人生能有几回搏，此时不搏还待何时，请放心！"

张保华说："不拿下木孜塔格峰，不回大本营。我们豁出去了！"

10 月 15 日，暴风雪终于停了。

天空放晴。多少年来世界各国的科学家、登山家向往的木孜塔格峰在湛蓝湛蓝的天穹里，像一座反射着灿灿金光的金字塔。

二号营地的雄鹰飞出去了，正向三号营地挺进。

坐镇新疆维吾尔自治区体委电台的总队长吕铭，当她听到从四川电台（当年由于通讯不发达，中美联合登山队与乌鲁木齐方面的联系是：电台将信号先发射到西藏，由西藏再转到成都，再由成都转到乌鲁木齐）传来的电讯时，高兴地拍着膝盖以母亲般关爱的口气说：" '孩子们' 出发了，等着他们的好消息吧！"

虽然她知道突击顶峰之前还有许许多多艰难险阻需要他们去克服，不容过早乐观，但是她坚信"孩子们"为祖国争荣光做贡献的那一颗颗火热的心。

作为总队长，她曾亲临一号冰川和新疆队员一起生活，一起训练，目睹他们在短短十几天里迅速掌握攀登坡度 90 度以上的冰崖绝壁的高难技术；目睹他们克服高山缺氧而带来的种种生理反应，保质保量完成每一项艰苦训练的拼搏精神。

她理解他们，放手让他们在生活中去创造、开拓。她知道这是冒险，可冒险体现了现代人的进取精神。没有冒险，哪有科学进步，社会发展？没有冒险，哪有登山？"孩子们"在冒险，她自己也在冒险。

三号营地经过中美队员的侦察和修路之后建立起来了。它建在 6300 米的冰坡上，搬运食品和装备的工作便首当其冲。在 5400～6300 米的高度上搬运物资，其艰难程度远非一般人所能想象的。

从部队借来的司机刘绍发，体质本来很差，进山以后高山反应强烈。头晕、恶心呕吐、胸闷耳鸣、嗓子发炎……可为突击顶峰运送物资时，他主动请缨，身背 20 千克背袋，一步两喘，三步一歇。走不动了，就爬。上不去的坡，他倒坐在地上，用手脚和臀部一点一点向上挪，向上登。

年仅 18 岁的王勇和魏宁各自背着差不多和他们一样高的背袋，和队友们一起从 5800 米攀上 6300 米，一次又一次把突击顶峰的物资和装备运到三号营地。

魏宁："我多背点，主力队员就可以少背一点。"

王勇："我往上多走一点，主力队员就可以少走一点。"

他们的话是认真而平淡的，但却实实在在。

摄影/甄希林

新疆探险记

摄影/甄希林

命悬一线

10月20日14时，攀登队长胡峰岭带领的8个队员顺利到达木孜塔格峰6500米处，并在这里开始建立四号营地。

登山队长甄希林、摄影员小董和大队失去联系，不知去向。16时，从报话机里听到甄希林告急的声音，原来他俩为了拍摄更多的电影和录像资料，误入歧途，滑入一个深谷里。他们所在的位置是一块不到一平方米的凸岩上，四周全是坡度为七八十度的绝壁冰坡，处境十分危险。

19时，四号营地才从报话机里得知两位队友遇险的消息，忙着搭建营地的队员们不顾极度疲劳，全部投入抢救队友的紧张战斗中。

张保华带上保险绳从陡峭的冰壁垂直而下，寻找队友。150米的绳子放完了，仍然不见队友的踪影。他的一声声呼唤也得不到一点回音。一个多小时过去了，手脚冻得麻木的张保华急得哭了起来。他接到返回的命令，带着沉重的心情爬回四号营地。攀登队长胡峰岭接过张保华的保护绳，根据经验判断重新选定下山点，在凛冽的寒风中出发，寻找队友。

时间一秒一秒地过去了，大家始终抑制着紧张的情绪，队员们不断地告诫自己：沉着、冷静。在即将突击顶峰的时刻，抢救工作不仅关系到登山队员的生命，还关系到整个登山活动的成败，只有沉着冷静，科学地、巧妙地指挥，才能化险为夷，保证登山的成功。

"不要花力气救我们了，影响突击顶峰的进度就影响了全局。"甄希林沙哑而又微弱的声音从报话机里传来。

"甄队长，胡峰岭已经下来了，你们很快就可以脱险。你们要活动活动，小心冻伤，小心冻伤！"王副总队长非常担心在冰崖上呆了六七个小时的老甄和小董，如果他们因冻伤而失去自护和自救的能力，抢救工作将非常困难。

两个遇险者何尝不想动弹啊，可是半步之差将是万丈深渊，就会粉身碎骨。

"胡队长！胡队长！"当胡峰岭准确地出现在老甄和小董的头上的时候，他们含着热泪叫了起来。一个援救者能够从天而降，两个站在死亡边缘上的遇险者那种感激的心情真是难以言表。

午夜，另一个救援者魏宁带着长绳下来了，4个队友搂抱着紧紧挤在不到一平方米的凸岩上。

救援工作在无声地进行，队友的到来为两个遇险者增添了巨大的力量和勇气。虽然僵直的身体行动十分困难，但是情感的暖流逐渐使他们恢复了自救和自护能力。

一个冰锥系着一个保护绳，而这根保护绳上却吊着遇险和救援的4个人。胡队长背上老甄装有摄影器材的重达30千克的大背袋，小魏背上小董装有电影器材的大背袋，他们两一人负责保护一个，一前一后，重新向着6500米的四号营地攀登。

21日凌晨3时许，木孜塔格地区是一片黑暗。大家着急是没用的，别的人帮不了忙，也插不上手。为了保证4个人的安全，王勇把保护绳拴在自己身上，另一头拴在冰锥上，拉住承受4个人的冰锥，以免挂冰锥的岩缝崩塌。就这样其他队员在6500米的山脊上站着，忍受着刺骨寒风的吹打，坚持了3个多小时，直到疲惫不堪的4个战友爬上四号营地脱离了危险，才轻松地喘了一口粗气。

21 日 7 时，只睡了 3 个小时的登山队员们起床了，他们从报话机里听到了突击顶峰的命令。10 个登山健儿，10 个充满了感情的声音争着请战突击。

　　谁不想登上亘古以来没人征服过的峰巅？谁不想在报效祖国的征途上留下自己的脚印？

　　为了充分体现总队长吕铭"突出民族团结"的指示精神，大队作出了 5 人突击顶峰，5 人原地待命的决定。10 时，第一队包括锡伯、汉、维吾尔、哈萨克 4 个民族的 5 名登山队员：胡峰岭、张保华、马木提、阿尔达西、邬前星，在第二梯队的 5 名队友的目送下，肩负新疆各族人民的重托，怀揣五星红旗向木孜塔格顶峰挺进。

　　攀登队长胡峰岭走在队友们前面。他扒冰、攀岩、选线、结绳，每一个脚步，每一个技术环节，不仅要考虑如何征服顶峰，还要时时想到身后 4 名队友的安全。

　　胡峰岭出发前 3 天才从医院回登山队，在二号营地就开始拉肚子。从二号营地到三号营地，他虚弱的体质已经明显地表现出来了，加上长达 6 个小时援救队友，体力消耗仅仅靠 3 小时睡眠和一小杯麦乳精是难以恢复的。他很清楚，由他带领突击顶峰，实际就是在祖国人民重托之下献身的自我考验。

　　他没有豪言壮语，但是他却暗暗下定了不拿下木孜塔格峰誓不为人的决心，即便是牺牲生命！1984 年 9 月他和甄希林为了侦察木孜塔格，在没有任何装备的情况下登上 6800 米的高度，返回时的那次下坠一下摔下 300 多米，那不是已经和死神打过交道么！死有什么可怕！

　　是啊，甄希林在生死关头，共产党员的气节拯救了他的生命。那么用党和队友给他的第二次生命去换取征服一座"处女峰"的胜利又有什么可惜呢？

　　胡峰岭心地无私，行而无畏。他常常感到头脑发木，脚步蹒跚，每迈一步两眼发黑，每攀一步喉咙着火，胸肺欲裂。他知道每一个冰坡岩突他都可能失手滑足，从而结束自己的年轻生命。但是，他还是不停地攀登，缩短着和顶峰的距离。

胡峰岭非常明白，如果每时每刻告诫自己，意识到自身的使命，早在救援战友的时候，他那衰竭的身体就瘫倒了。是为祖国争荣光的精神，使得他在实现征服木孜塔格峰的过程中，产生了超体力的再生之力。

"跟着我……踏着我的脚印……"胡峰岭喘着粗气向着 4 个结绳的队友发出命令。

"散开走……小心碎石滑坠……"胡峰岭在一步两滑的碎石坡上向 4 个结绳的队友下达命令。

胡峰岭是身先士卒的攀登队长，是队友们引以自豪的榜样和表率。用生命、友谊、事业、理想的长绳连起来的 4 个队友紧紧跟在他身后，他们不用选择，不用思索，听着命令，亦步亦趋。因为他们坚信，跟着胡峰岭走，就是顶峰的征服，理想的实现。他们的步伐是艰难的、沉重的、缓慢的，但是踏在碎石坡、冰崖绝壁上的脚印是坚实的。

在为实现理想的崎岖陡峭之路，他们一步一个高度。

此时，新疆维吾尔自治区体委电台 12 平方米的小屋挤满了乌鲁木齐地区各大媒体的十几名记者，他们等待着从阿尔金山山脉传来的电讯。

这里空气凝重，人们的目光盯着电台仪表的指针，就仿佛指针的抖动使他们听到突击队员粗重的喘息和一步一顿踏在冰雪上的声音。

"……离顶峰还有 20 米……5 米……3 米……1 米……我——们——成功了！成功了！"

成功了，最后短短 5 米顶尖的路程他们整整走了 27 分钟。成功了，6973 米的木孜塔格峰被 5 个初出茅庐的中方登山队员

踏在脚下了。5个登山队员代表了4个民族，在木孜塔格峰巅带着结霜的须眉、挂满结冰的泪珠的笑脸，展开了鲜艳的五星红旗。

21日，体委电台沸腾了，人们禁不住欢呼起来。总队长吕铭坐在椅子上，高兴地说："成功了！"……成功了，是的，他们成功了。用20世纪80年代年轻人为祖国争荣光的志气，为理想的实现，在木孜塔格峰顶上留下了10个深深的脚印。

附：中美联合登山队成功登上木孜塔格峰后两国官员发来的贺信

（美国参议员坦尼尔·伊万斯给铁木尔·达瓦买提主席的信）

尊敬的铁木尔·达瓦买提先生：

我感到很荣幸，能收到您和新疆登山协会赠送我的表和精美的挂毯。

能够和您共同担任中美木孜塔格（乌拉格）联合登山队的名誉队长，我感到非常高兴。同时由衷地珍惜这次联合攀登所取得的成功。特别对5位登顶的队员表示祝贺。

联合登山队美方队员返美后，向我叙述了他们在新疆期间所受到的新疆各族人民的热情款待。听了他们的叙述，我真想现在就到新疆访问。请接受我对您和新疆各族人民的美好祝愿，并祝贺新疆维吾尔自治区成立30周年。

谨致敬礼

坦尼尔·伊万斯（美国参议员）

1985年12月20日

祝贺与希望

（中国新疆与美国木孜塔格峰联合登山队总队长吕铭）

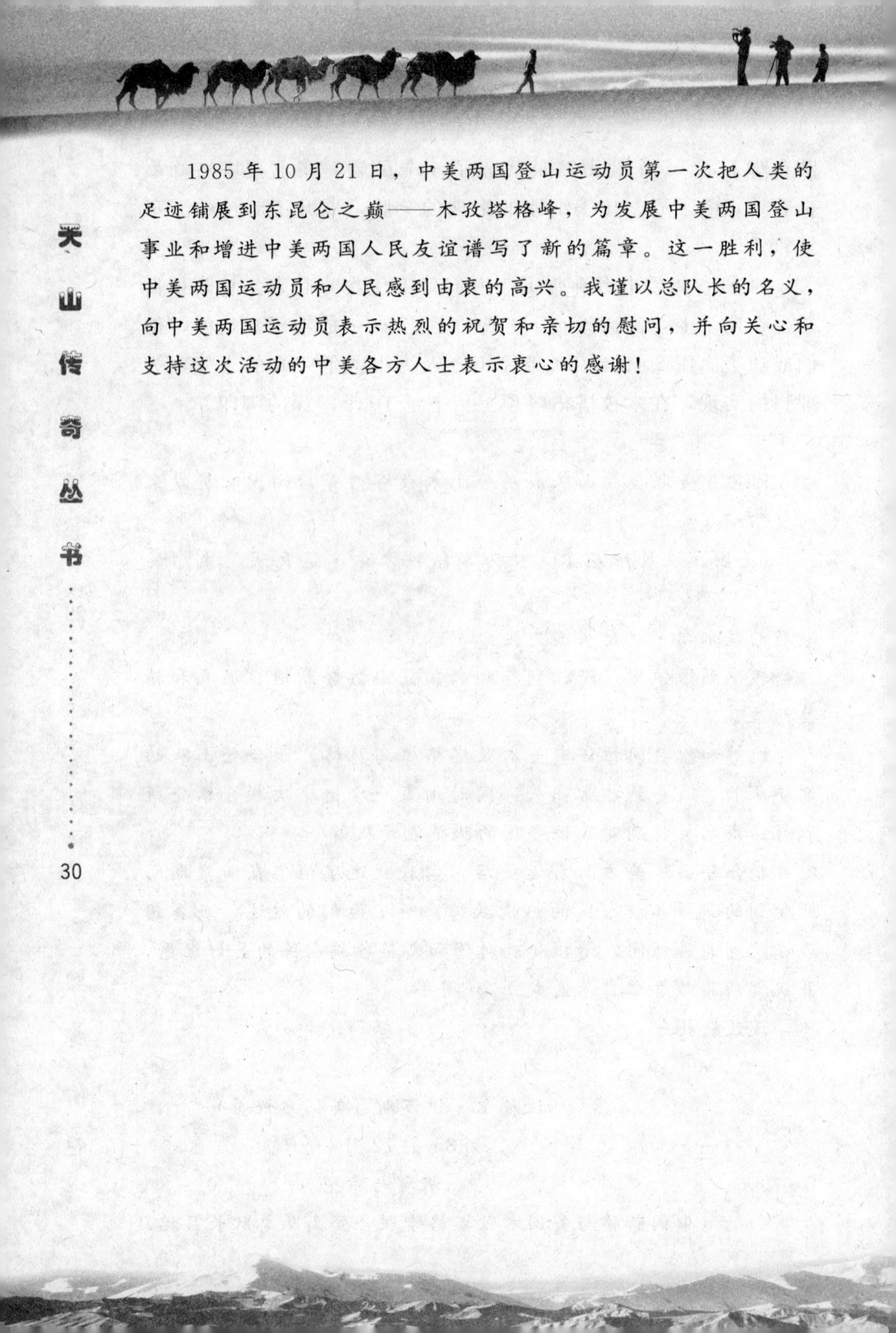

1985 年 10 月 21 日，中美两国登山运动员第一次把人类的足迹铺展到东昆仑之巅——木孜塔格峰，为发展中美两国登山事业和增进中美两国人民友谊谱写了新的篇章。这一胜利，使中美两国运动员和人民感到由衷的高兴。我谨以总队长的名义，向中美两国运动员表示热烈的祝贺和亲切的慰问，并向关心和支持这次活动的中美各方人士表示衷心的感谢！

第二章

塔克拉玛干心灵的家园

游移的梦境是永恒的家园，心灵奔走在回归的路上……

梦与死亡同在的地方

塔克拉玛干沙漠位于中国内陆最大的盆地——塔里木盆地中部，东西长约 1000 千米，南北宽约 400 千米，面积 33.76 万平方千米，仅次于非洲的撒哈拉沙漠，是世界第二大沙漠。这里年降水量仅有 50 毫米，气候异常干燥。天上无飞鸟，地下无走兽，人迹罕至。一望无边的漫漫黄沙，从古至今不知吞没了多少绿洲村镇，更有许多途经其中的行者商旅在这里留下遗恨不尽的累累白骨。

这是一次史无前例的塔克拉玛干沙漠的大穿越、大探险。它的特别之处就在于它是有史料记载以来人类第一次探险。尽管从 20 世纪初就开始有中外探险家、考古学者无数次地用生命和意志踏出了一条条探险之路，但是，他们都是在有局限的范围内开展的，大都付出了伤亡的惨痛代价。

瑞典探险家斯文·赫定在罗马教皇王室的大力支持下浩浩荡荡地开进了塔克拉玛干沙漠，结果是以 2 死 3 伤而宣告失败。从此，塔克拉玛干"死亡之海"的名声就远播四海了。塔克拉玛干，维吾尔语"进去就出不来"的意思。

1893 年，斯文·赫定先对被称为"冰山之父"的慕士塔格山进行考察，然后由北至南，穿越塔克拉玛干沙漠，试图前往和田，途中他丢失了全部考察仪器，还差一点命丧大漠。

让斯文·赫定对塔克拉玛干沙漠进行探险且不顾艰险的因素有两个：第一个是他在喀什噶尔滞留期间，一再听到当地人对于

沙漠中奇闻轶事的种种传说，如那里埋藏着数不清的金银珠宝，那里耸立着很多的时隐时现的神秘城市和村落，以及寻宝人在那里遭到妖魔精怪阻拦等诸如此类的神话传说。斯文·赫定在他的《我的探险生涯》中写道，他"当时是如此着迷于这些传闻"，"比小孩子听神话还要聚精会神"地倾听那些传说，"这种奇异的引诱，我竟不能遏止了"。第二个引发起前往那里去的因素是企图实现他在地理勘查方面的一个梦想，就是想证实一下是否能从麦盖提东行抵达和田。

1895 年斯文·赫定从喀什噶尔出发，对天山南麓诸地进行了广泛的考察活动。此次考察持续三年多。

"1895 年 2 月 17 日，我离开喀什噶尔起身旅行，这是我在亚洲所有旅行中最难的一次。"这是斯文·赫定在《我的探险生涯》中写到的一段话。

好像已有预感似的，4 月 10 日早晨，当 8 峰骆驼和斯文·赫定组成的 5 人探险队从麦盖提出发的时候，驼队的铜铃声吸引了众多村民前来围观。斯文·赫定听见一位老人喃喃自语道："他们永不会回来了。"

斯文·赫定的探险队沿叶尔羌河向东北行进，11 天后抵达塔克拉玛干沙漠西部边缘的卓尔湖（今巴楚县境内）附近，印证了他曾推断的两座麻扎塔格山东西相连的观点。于是，斯文·赫定决定向正东行进，由此可直接到达和田河。4 月 21 日以前的探险队行走的地方沿途都有淡水湖，再往东行，就没什么供水保障了。因而斯文·赫定嘱咐仆人往铁桶中灌上足够 10 天的用水。

"当仆人们哗哗地灌水的时候，我便在这最后一个湖边睡着了。"

负责灌水的是约尔契，他自以为只需 4 天便可到达和田河，到那里后供水自然没问题了。于是他违背主人的指示，只在水桶里装了 4 天的用水。

可是，探险队从 4 月 24 日清晨出发深入沙海中，一直到 5 月 5 日斯文·赫定寻到可供饮用的淡水，这期间约有 5 天时间，他们是滴水没沾，探险队中有两人渴死于沙漠中，随他们同行的 8 峰骆驼，虽被称作"沙漠之舟"，也只有一峰生还。

有人说："塔克拉玛干沙漠是不会轻易让人揭开它神秘的面纱的。"斯文·赫定进入沙海后，很快就体会到塔克拉玛干沙漠那狂暴无羁的性格以及令人心怵的可怕威力，斯文·赫定在书中是这样描述的：

"4 月 28 日的清晨，一阵我们从未见过的大风沙刮过我们的帐篷，将沙土成堆地覆在我们身体、行李和骆驼上。我们早晨起来，又遇到一天难过的日子。我们立即看到自己差不多是葬在沙土中一般，一切的物件都充满了灰沙，我们的鞋、帽、盛仪器的

摄影/甄希林

口袋，还有别的物件都不见了。我们须用手将它们从沙土中掘出来。"

那天，天色很暗，甚至到了正午天空还昏黑，天如同在夜间一般。空中弥漫着黑色的飞沙，只有距离最近的骆驼可以隐约地看见，仿佛一个浓雾中的影子。铜铃的声音就是在很近也同无声一般。大声的呼喊也听不见。我们的耳鼓中只充满着狂风的怒号，使人们失去听觉。

这样的天气，我们不得不紧挨在一起。若是离开了队伍，或者一时出了视线之外，便永久失踪了。人兽的足迹差不多一刹那间便消失了。

狂风愈刮愈大，速度每小时 55 千米，刮得最厉害的时候，我们差不多像窒息似的。有时骆驼不愿向前走，伸直脖子躺在沙土上，我们亦都躺下，将面部压在它们的腰窝上。

沙漠风暴固然可怕，但是一旦熟悉了它的习性，到后来也就司空见惯、习以为常了。真正使斯文·赫定感到可怕的是沙漠里缺水的威胁。因为仆人约尔契的自信，也由于斯文·赫定准备工作中的一个疏忽，所以到 4 月 30 日时，探险队所带的水都用尽了，可是前方依然是一望无际的沙海，未见到和田河的踪迹。斯文·赫定后来回忆道：

"那天夜间，我写了几行据我想大概是最后一次日记，走上一座沙山，我们用望远镜向东观察，各方都是沙山，没有一棵草，也没有任何生物。"

求生欲望使他们不得不想其他办法寻水，也是在那个倒霉的夜晚，斯文·赫定仆人借着烛光，在沙漠里挖井找水，几个小时后，仍未见水。随后几天里，他们还挖了几次，都没有结果。为了减少路途中消耗，并且随着一峰峰骆驼相继毙命，他们不得不一次次地抛弃身上所携带的行李和装备。为了解渴，他们将带来的鸡和羊都宰杀掉，想饮其血，然而那些可怜的动物因久未饮水

摄影/甄希林

早已干瘪，加上燥热的天气，血一流出变成了饼块，根本无法下咽，又试着喝骆驼尿，结果引起中毒，更加无力行走，几天后两位仆人渴死于沙漠中，其中那位约尔契临终前紧捏着斯文·赫定的双手，可怜地叫到："水！给我些水，先生！只要一滴水。"

斯文·赫定同其他两位仆人忍着干渴继续向东行，不多久，3人失散，其实是另两位仆人爬不动了，因脱水而昏迷于途中。斯文·赫定仍然艰难地继续前行，准确地说他是爬着到达和田河的。令人吃惊的是，河里并无一滴水，只有那白得耀眼的显示曾流过河水的长长的印迹。斯文·赫定又一次失算，这个失败对他的打击是致命的。但是，"我决不能躺下而死"的信念始终支配着斯文·赫定坚持着继续爬着向前挪去。沿和田河床东南行，他认为一定能碰着水。在此行了一里多路，他忽然看见一只水鸟扑扇着翅膀飞起来，并且听到拍水的声音。再走了约一刻钟的路程，他终于见到一个二十多米宽的水池子，这是昔日和田河水流过遗留下的一池蓄水。斯文·赫定真算幸运，难怪他后来将这个水池子叫做"科达、拂地、库尔"，意思是"上帝馈赠的水池"。时间是5月5日。

在水池边饮足了水，"我的干燥的身体如海绵似的吸收水分。所有的骨节都酥软了，动作也不似先前那样的困难，那硬如羊皮纸的皮肤现在也变软了，额部渐渐潮润，胳膊的力量增强起来。"

然后斯文·赫定将两只皮靴装满水，用一把木铲柄小心地挑着水沿着旧迹往回走，找到距他最近的一个名叫卡西姆的仆人，用水救了他的命。当时那人已奄奄一息躺在沙子里不能动了。随后几天，斯文·赫定靠着青草和树叶充饥，一直到5月8日被牧人相救。另外一名仆人及其那峰惟一活着的骆驼后来也被一支路经那里的商队救活了。当时那位名叫斯拉木巴依的仆人已经爬到和田河岸边，却再无力爬起来了。

尽管如此，中外探险家还是接连不断地踏上这条"死亡"之路。英国探险家斯坦因，俄国探险家普尔热瓦尔斯基，以及日本、法国、德国的探险家也在不同的时期走进了塔克拉玛干大沙漠，死亡和伤残与他们相伴，遗憾是最终的结局。

直至20世纪90年代初，英国皇家陆军少校查尔斯布·莱克摩尔与中国探险家达成了穿越塔克拉玛干大沙漠的世纪理想——"93中英联合徒步穿越死亡之海"，它的起点是塔克拉玛干西缘的喀什地区麦盖提县，终点是沙漠东缘的巴音郭楞蒙古自治州若羌县的罗布庄，全长1500千米。

这次穿越的规模是空前的，其规格也是空前的。中方的名誉主席由原新疆维吾尔自治区党委副书记、主席铁木尔·达瓦买提担任，英方的名誉主席则由英国前首相布恩先生担任。具体事项由中国新疆大自然旅行社承办。

此次穿越活动历时58天，无伤亡地成功穿越，打破了塔克拉玛干"进去出不来"的神话。

然而，当探险队员为之欢欣鼓舞之际，一位出于不知道详情的新华社记者写了一份关于此次探险活动的《国内动态清样》递到了中央高层领导的手中，文中列举了若干条此次探险对文物破坏、挖掘的"罪状"，于是有关此次探险活动的新闻报道在中央及地方媒体被全面封杀。

如今，15 年过去了，历史的"误会"也因原新疆维吾尔自治区党委副书记、主席铁木尔·达瓦买提当年在全国人大会议上作为提案澄清了此次探险真相。然而，探险的故事却鲜为人知。

拂去时间的尘埃，鲜活的仍然是历史，是记忆。

当年担任此次探险活动的外围支援队队长甄希林将探险的真相详实地讲述了出来。

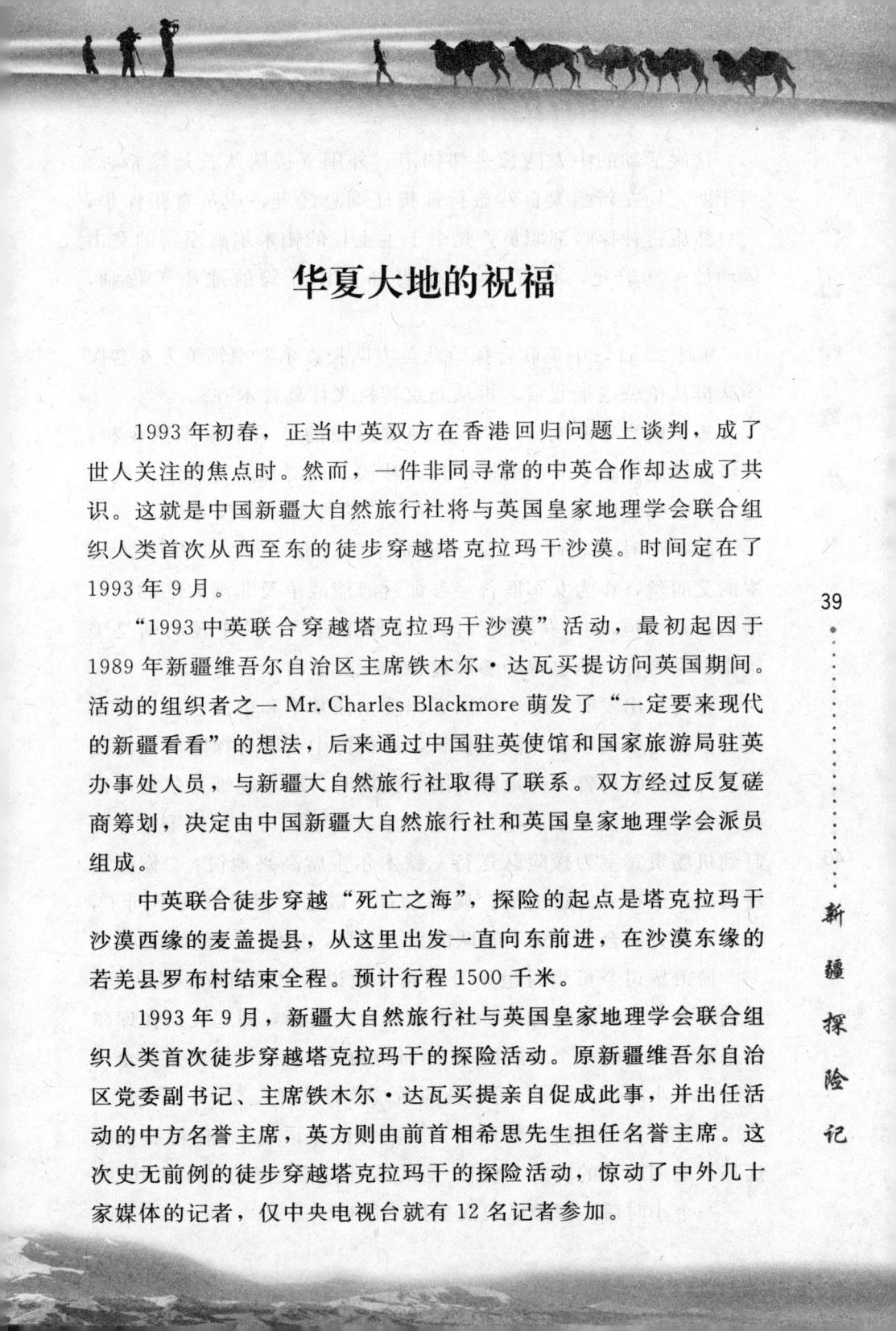

华夏大地的祝福

1993 年初春，正当中英双方在香港回归问题上谈判，成了世人关注的焦点时。然而，一件非同寻常的中英合作却达成了共识。这就是中国新疆大自然旅行社将与英国皇家地理学会联合组织人类首次从西至东的徒步穿越塔克拉玛干沙漠。时间定在了 1993 年 9 月。

"1993 中英联合穿越塔克拉玛干沙漠"活动，最初起因于 1989 年新疆维吾尔自治区主席铁木尔·达瓦买提访问英国期间。活动的组织者之一 Mr. Charles Blackmore 萌发了"一定要来现代的新疆看看"的想法，后来通过中国驻英使馆和国家旅游局驻英办事处人员，与新疆大自然旅行社取得了联系。双方经过反复磋商筹划，决定由中国新疆大自然旅行社和英国皇家地理学会派员组成。

中英联合徒步穿越"死亡之海"，探险的起点是塔克拉玛干沙漠西缘的麦盖提县，从这里出发一直向东前进，在沙漠东缘的若羌县罗布村结束全程。预计行程 1500 千米。

1993 年 9 月，新疆大自然旅行社与英国皇家地理学会联合组织人类首次徒步穿越塔克拉玛干的探险活动。原新疆维吾尔自治区党委副书记、主席铁木尔·达瓦买提亲自促成此事，并出任活动的中方名誉主席，英方则由前首相希思先生担任名誉主席。这次史无前例的徒步穿越塔克拉玛干的探险活动，惊动了中外几十家媒体的记者，仅中央电视台就有 12 名记者参加。

　　这次活动的中方队长是郭锦卫、外围支援队队长是甄希林。当年两人均在新疆大自然旅行社担任副总经理，成员有张保华，大自然旅行社探险部职员，是个土生土长的帕米尔高原籍的登山运动员；赵子允，有着30多年野外工作经验的地质工程师，等等。

　　9月22日，中英联合探险队英方队长查尔斯率领英方6名探险队员从伦敦飞抵北京，再从北京转机飞往乌鲁木齐。

　　查尔斯当年只有35岁，是刚刚退役的英国皇家军队少校，曾经成功地穿越了非洲的撒哈拉大沙漠。他对探险有着浓厚的兴趣，几乎到了痴迷的地步。30岁的罗伯特曾经是位英国皇家伞兵上尉，当时是职业登山家、地质学者。惟一的一位女性是31岁的艾丽丝，作为女军医曾经参加过海湾战争及非洲大陆的探险活动。葛力恒，36岁，原英国驻华使馆官员。最年轻的则是美国摄影家若各，他也曾经参加过各种探险活动。

　　在北京出发时，原中国国家体委主任梦华和中国登山协会主席王富洲为中英联合探险队授旗，并祝愿中英联合探险队圆满成功。飞机降临乌鲁木齐地窝堡国际机场时，原新疆维吾尔自治区副书记、主席铁木尔·达瓦买提及原新疆军区司令员傅秉耀专程赶到机场贵宾室为探险队送行。铁木尔主席高兴地说："你们要进得去，出得来。过去的探险活动都失败了，但是现在不同了，有中英双方的合作，加上军队的大力支持，你们一定能够成功。"

　　傅秉耀司令员当时也十分兴奋，他说："你们放心地去吧，我们的直升飞机随时待命。如果需要，我们会立即起飞。在库尔勒基地，我们的一个陆航团24小时待命，6名飞行员都是安全飞行在一千小时以上的。"司令员的话诚恳而鼓舞人心。

　　英方队长风趣而幽默地用不太熟练的汉语说："但愿我们永远都不动用阁下的直升飞机！"他的话引起了大家的一片掌声。

　　一个小时后，探险队再次登机飞往喀什。

晚上，10时，探险队飞抵喀什机场。当队员们走下飞机的舷梯，早已等候在机场的维吾尔族姑娘们开始跳起欢快的舞蹈，迎接远道而来的贵宾。

摄影／晏先

新疆探险记

沸腾的刀郎人

当晚中英联合探险队住进 1895 年瑞典探险家斯文·赫定住过的宾馆。斯文·赫定就是从这里开始了他那次"死亡之旅"的。这个地方曾经是 19 世纪俄国设在喀什的领事馆。

9 月 23 日上午，探险队到达麦盖提县时，县委书记李存年率领两万多各族群众涌上街头，为探险队送行。麦盖提县到处是欢迎的标语和飘扬的彩旗。整个县城沸腾了，大家像过节似的，打起手鼓唱起歌。麦盖提是刀郎人的故乡，他们以刀郎舞为中英联合探险队壮行。

欢迎的群众站满了从县政府到沙漠边沿 2000 多米的路程。探险队的前面有洒水车开道，为了防止尘土飞扬。大道的中心是刀郎老人燃起的 3 堆篝火，让探险队员从火上跨过去。他们以自己的方式为探险队祝福。据说，这样可以避邪、除病。6 名年长的刀郎人默默地为探险的勇士们祈福、祝大家一路平安。

据传说，麦盖提在莎车王国统治时期，英勇剽悍的维吾尔族青年米格提带领部落臣民经过多年的英勇奋战，推翻了压迫、剥削他们的部落暴君，成为部落的首领。当时，正值伊斯兰教在新疆传播，米格提和部落的 7 个人信仰了伊斯兰教。他们来到叶尔羌河东岸的原始森林靠打猎为生，并将此地叫做米格提。千百年来，随着语言文字的不断规范和演变，米格提逐渐转音为麦盖提。

也许，米格提时代的部落人群还不是真正意义上的刀郎人。

摄影/甄希林

据史料记载和传说，13世纪中期，成吉思汗建立了统一的蒙古政权后，于1219年发动第一次西征，版图扩展到中亚地区和南欧。统一新疆后，成吉思汗将南疆的部分地区封给了他的次子察合台。之后，由于察合台整日带兵打仗，无暇顾及他的策封地，将南疆的部分地区封给了总管杜格拉特部。

那时，叶尔羌河东岸人烟稀少，但原始的大森林枝繁叶茂，土肥水美，野兽麇集，百禽翱翔，不失为与世隔绝的人间仙境。也许，成吉思汗的游牧部落正是看中了这片广袤的土地选择定居下来。

狩猎是刀郎人主要的生活方式。长期在大漠森林中穿梭，练就了刀郎人性情粗犷、健步如飞、酷爱自由的秉性，这在刀郎人独有的刀郎舞旋动的肢体中表现得淋漓尽致。

除此，流行于蒙古族民间的"倒喇"舞与流行于麦盖提县民间的刀郎舞在音速节奏、肢体语言中所表现的寓意有着惊人的相似。更令人惊叹的是，"倒喇"与"刀郎"的发音又如出一辙，

新疆探险记

因此众多专家与学者认为：两者有着密切的渊源关系，在刀郎人的身上流淌着蒙古人的血液。真假与否，有待史学家进一步考证。

刀郎人的勤劳与勇敢，不仅表现在远古时期与飞禽猛兽厮杀，最终赢得战果，而且从农业社会到转型时期，刀郎人同样用他们铁的臂膀开垦出一片片良田，获得一次次丰收。1991年，麦盖提县的棉花亩产高达113.5千克，并连续13年被农业部列为"全国十大知名品牌"之一。

如果说刀郎人能在野兽出没的原始森林中生存、繁衍至今是创造了人类挑战生存极限的奇迹的话，那么，经过几十年的艰苦拼搏，刀郎人硬是在塔克拉玛干大沙漠的风口浪尖上，在自然条件极其恶劣的环境中，用他们粗大的骨节、干裂的双手，建起了一座现代化的城市，续写了西部建设史上的壮丽诗篇。诉说永恒、昭示未来的刀郎舞在中国乃至全世界，恐怕没有哪种舞蹈能

摄影/甄希林

与麦盖提县民间的刀郎舞相提并论。

中英联合探险队的到来让世世代代生活在这片土地上的刀郎人与世界有了一次亲密接触的机会，对于他们向世界展示刀郎文化是个千载难逢的好机会。于是，他们沸腾了。他们的热情、他们的大方、他们的舞蹈献给远道而来的客人们……

县委书记李存年代表麦盖提县委向中英联合探险队赠送了吉祥物——四种民族乐器：热瓦甫、手鼓、艾捷克和卡龙琴。

几位维吾尔族老大娘哭喊着："孩子们！你们不要去了……"老人们的劝阻，让每个探险队员心中都有了一种"风萧萧兮易水寒，壮士一去不复还"的悲壮感。同时，也更加坚定了他们步行的信念。

即将进入沙漠了，大家提议在中华人民共和国国旗下合个影。他们望着远处的莽莽沙海，再回头看看身后的绿洲，心中的感受无法用语言来表达。喧嚣的场面过去之后，便是探险队员们一阵长长的缄口不语。

这时，中央电视台的记者请队员对着镜头向自己的亲人说上一句临别的话语。而此时队员们的心情却更加地复杂起来。

中方队长郭锦卫很沉重地给女儿留下了这样一句话："如果我不能活着回来，希望女儿快快长大成人，也学爸爸做一名勇敢的探险队员。"

罗伯特说："请不要为我担心。"

最小的凯斯·萨特说："亲爱的爸爸妈妈，我已经在沙漠里了。我会按时回来，请放心！"

女军医艾丽丝很是浪漫地对男朋友说："大卫，我会回来和你喝香槟的。"

英方队长查尔斯很镇定，信心十足地说："经过长达4年的准备，现在计划终于实施了。我的家人一定在看着我们，我非常激动。我希望我们的探险队是一支非常好的队伍。"

老工程师赵子允很内疚地对家人说："几十年来，我走遍了新疆的山山水水，家人承担了所有的家务，借此机会我对他们表示歉意。"

张保华庄重地举起了手："我希望我的父母、妻子能够祝愿所有的探险队员平安归来。"

《中国旅游报》记者邱磊幽默地对妻子说："你老公死不了，这辈子你别想改嫁了！"

……

1500千米长的沙漠徒步探险征程终于迈开了第一步。中英联合探险队9名队员和6名雇来的维吾尔族驮工牵着驮着行李、器材装备和生活用品的骆驼，高高地举着中英两国国旗向沙漠深处走去。

外围支援队队长甄希林，一位威武高大的老登山队员，一位钢铁般的硬汉，却很脆弱地流着泪，跟大家走了几百米后，才与大家一一拥抱，握手告别。他也将从现在开始，指挥着外围支援队的车辆来来回回无数次地返往于麦盖提基地和沙漠之间为探险队补充给养。他的责任大于这些探险队员。在新疆乃至中国西部，甄希林是个"活地图"，他超强的记忆力和丰富的探险经验，为他本人及他所在的新疆大自然旅行社赢得了很高的声誉。

遭遇五趾跳鼠

进入沙漠不久，一只小动物，一只受了伤的小动物，蹦蹦跳跳地向这些客人示意，表现出并不畏惧的样子。有人把它抓在了手里喊赵子允："赵子允，你看这是什么？"赵子允跑来仔细看了看，惊喜地说："这是五趾跳鼠。"赵子允介绍说，这只五趾跳鼠恐怕是100年来全世界发现的第三只，第一只是俄国探险家普尔热瓦尔斯基100年前在阿尔金山发现的；第二只是1983年新疆

科学院动物研究所在和田一带发现的。

五趾跳鼠体型较大，体长约 14 厘米，耳长与颅长几乎相等。后肢长，为前肢的 3～4 倍，前肢纤细，尾长为体长的 1.5 倍，尾端呈毛穗状，毛穗上端毛黑色，末端白色。后足五趾，第一与第五趾退化，其趾端不到其他三趾的基部。体背毛和头部灰棕色，腹部及四肢内侧纯白色，尾部细长，顶间骨宽大。上门齿平滑无沟，前白齿 1 枚，圆柱状，下门齿齿根较长。主要栖息于干旱的半荒漠地带及干旱草原，荒漠地带偶尔也有。坟地、荒滩及耕地周围也可见到。洞穴有两个洞口，一个洞口隐蔽，另一个经常开着，洞口直径 5～6 厘米，洞长 75～150 厘米，洞道几乎水平走向。分窝穴和贮藏穴。夜间活动，晚 8～10 时为活动高峰期。8 月下旬开始准备冬眠，9 月下旬进入冬眠，10 月初全部进行蛰眠，次年 4 月出蛰，4 月中旬是出蛰高峰期。妊娠期 30 天，年产 1 胎，每胎 2～6 仔，最多 8 仔。

第一次会议立了"洋"规矩

第一天的沙漠行进实属适应和学习阶段。大约北京时间 20 时许，中英联合探险队就扎营了。第一天走了 13 千米。

晚餐后，探险队第一次召开全体会议。几天来，大家始终处于兴奋和忙乱中，根本没有时间坐在一起讨论沙漠中所要碰到的事情。一支探险队必须是一个坚强的集体，这是大家都明白的道理，但具体做哪些工作，如何分工却是细致的技术问题。这些问题不解决，不但影响探险队的速度，更重要的是无法保证穿越的成功。"加强纪律性，革命无不胜"的真理再一次得到验证。

英方队长查尔斯主持了第一次会议。他的话条理清楚，同时也很坚决，显示了一个西方军人雷厉风行的个性和作风，他说：

第一，我们大家必须一起工作，所有的人都要工作；

第二，谁都不可以骑骆驼，除非驼工领导艾沙同意；

第三，水是我们最重要的东西，请葛力恒负责管理，控制用水；

第四，希望大家学习各方的语言，包括英文、中文、维吾尔文，以便更好地交流；

第五，每天召开一次会议，分析确定明天的路线、行程；

第六，通过电台每天与外围组进行联络；

第七，每晚临睡前把第二天的准备工作做好。

查尔斯讲完上述几条后，驼工代表 70 岁的艾沙发表了意见，张保华能说流利的维吾尔语，便充当了维吾尔语翻译。艾沙说：

"第一要把水管好，第二要把骆驼管好，有水、有骆驼我们就能走出去。从明天起我们每天要走 20 千米，这可行，但一定要早出发，最热的时候要让骆驼休息一个小时。"这第一天的会议，基本制定了探险队每天的活动内容。

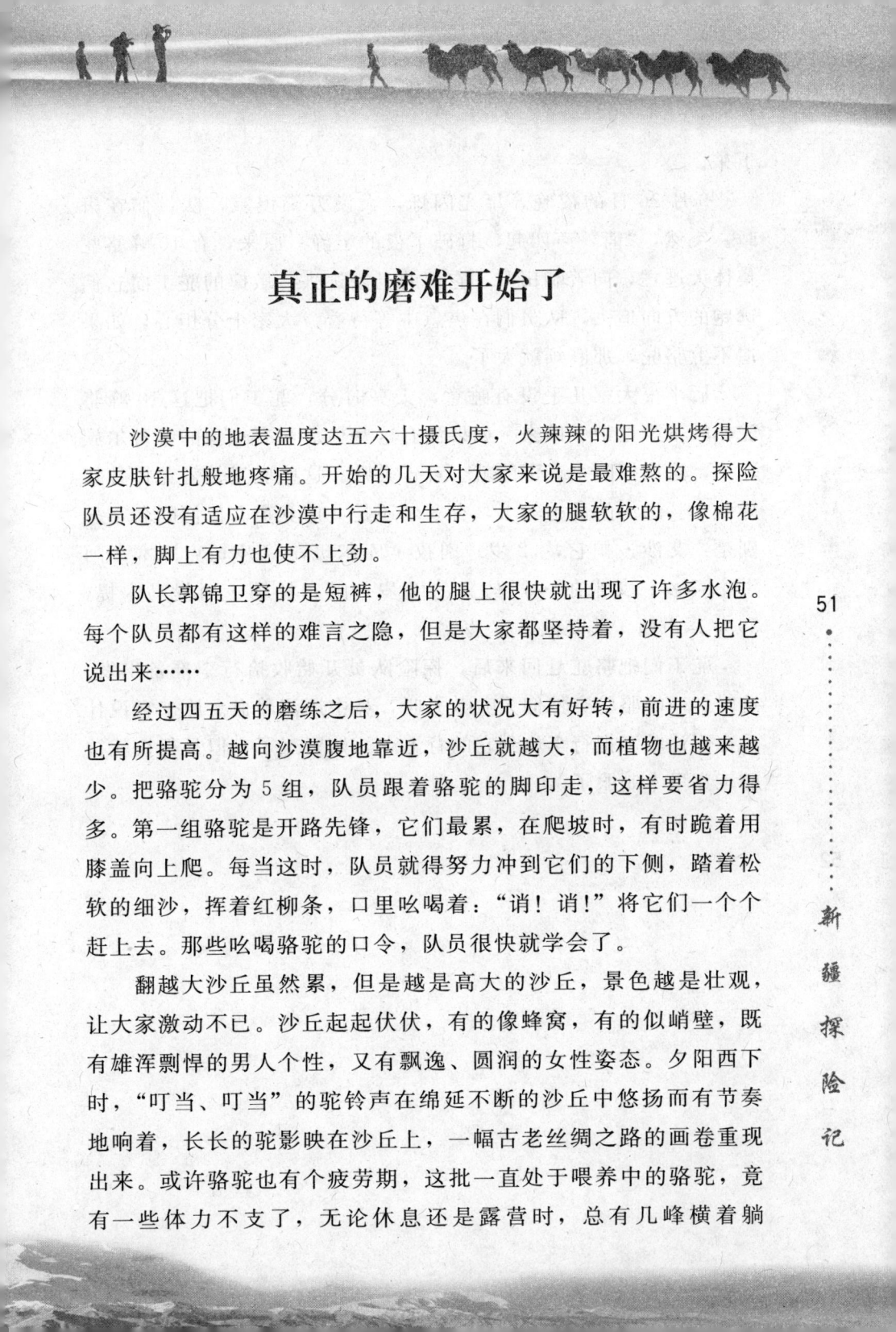

真正的磨难开始了

沙漠中的地表温度达五六十摄氏度，火辣辣的阳光烘烤得大家皮肤针扎般地疼痛。开始的几天对大家来说是最难熬的。探险队员还没有适应在沙漠中行走和生存，大家的腿软软的，像棉花一样，脚上有力也使不上劲。

队长郭锦卫穿的是短裤，他的腿上很快就出现了许多水泡。每个队员都有这样的难言之隐，但是大家都坚持着，没有人把它说出来……

经过四五天的磨练之后，大家的状况大有好转，前进的速度也有所提高。越向沙漠腹地靠近，沙丘就越大，而植物也越来越少。把骆驼分为 5 组，队员跟着骆驼的脚印走，这样要省力得多。第一组骆驼是开路先锋，它们最累，在爬坡时，有时跪着用膝盖向上爬。每当这时，队员就得努力冲到它们的下侧，踏着松软的细沙，挥着红柳条，口里吆喝着："诮！诮！"将它们一个个赶上去。那些吆喝骆驼的口令，队员很快就学会了。

翻越大沙丘虽然累，但是越是高大的沙丘，景色越是壮观，让大家激动不已。沙丘起起伏伏，有的像蜂窝，有的似峭壁，既有雄浑剽悍的男人个性，又有飘逸、圆润的女性姿态。夕阳西下时，"叮当、叮当"的驼铃声在绵延不断的沙丘中悠扬而有节奏地响着，长长的驼影映在沙丘上，一幅古老丝绸之路的画卷重现出来。或许骆驼也有个疲劳期，这批一直处于喂养中的骆驼，竟有一些体力不支了，无论休息还是露营时，总有几峰横着躺

下来。

9月26日的夜晚，星光闪烁，大漠万籁俱寂，队员们在酣睡。突然，"诮"声四起，打破了夜的宁静。原来，有10峰骆驼集体大逃亡，向着和田——它们的老家逃去。敏捷的驼工向它们逃跑的方向追去，队员们在焦急中等待着。大家十分担心，如果追不上骆驼，那麻烦就大了。

后半夜大家几乎没有睡意，天亮时分，驼工们把这10峰骆驼一峰不少地带了回来。如果没有这些勇敢而有经验的维吾尔族驼工，这次探险很有可能就会宣告失败。这些驼工是麦盖提县领导从全县选出的优秀驼工，有3名还是共产党员。他们的名字分别是：艾沙·帕它，72岁；肉孜·库尔班，37岁；克里木·阿洪，37岁；艾米尔·司马义，42岁；阿布杜勒·西提马木提，39岁；卢西·艾艾散，37岁。

驼工们把骆驼赶回来后，探险队员开始收拾行李准备出发。这时，一峰骆驼突然仰天嗷嗷大叫，鼻中还流着血。原来它说什么也不让驼工把行李放到它的背上，开始罢工了，但是很快就被驼工克里木制服了。

关于水的真情

    这次徒步穿越塔克拉玛干大沙漠的活动，供给是这样安排的：探险队员所用的食物和水是由外围支援队队长甄希林率领外围支援队的车辆按行程和时间，分期分批地运送到前方的探险队，再由骆驼驮运着前进。然而，由于骆驼的载重量也很有限，所以，探险队员在饮水和饮食上还是要做一些节制的。

    骆驼喝的水是要靠探险队员们在沙漠中挖井挖出来的。一匹骆驼每次可以喝一桶水，至少需要 5 天喝一次，骆驼如果喝不上水，也会以拒绝驮载来表示抗议。因此，探险队员们除行走之外，还有一个更为艰巨的任务——那就是两天挖一次井，给骆驼补充水分。在沙漠里即使有水的地方，也要挖到 3 米以下。每次挖井，队员们轮流进行，累得全身像散了架似的。全身的酸疼劳累队员并不在意，只要能挖出水来，骆驼能喝上水，不耽误第二天的行程，心里还是很兴奋的。因为队员知道，接下来的行程安全了。

    每当井里开始渗出水时，那种兴奋的心情是难以言表的。可是，这种欣喜不是每次挖井时都有的，往往挖了两米多深，还是一滴水都不见，大家也就只好放弃，等到第二天宿营时再挖。这样的结果让大家心情很沮丧，也很担心。如果骆驼坚持不下去了怎么办？一旦发生这样的情况，很是影响大家的情绪，整个晚上队员们都会很低调。

    沙漠里的温差很大，白天 30 多摄氏度的高温让人难熬，到

了晚上又是零下 10 摄氏度以下,寒冷又折磨着探险队员。睡袋里有些潮湿,人躺在里面感到十分不舒服。

9 月 30 日,是国庆节的前一天,探险队到达了海来塔格山,又赶上了中华民族的传统节日——中秋节。如果不是参加这次探险活动,大家都在家里与亲人团圆着喜庆双节呢!而此时,探险队由于前几天的耗水量太大,如果外围支援队不能及时赶到,大家将面临着断水的危险。于是,中秋节这一天,探险队就水的问题专门召开了一次会议,规定了每人每天的饮水量必须限制在 3 千克以内。如果不进行计划用水,前面的路途还很遥远,一旦断水,面临着的后果是可想而知的。

从这天开始,淳朴善良的维吾尔族驼工们开始喝从沙漠里挖出来供骆驼饮用的水。探险队员们有些惊奇,于是便有人开口问道:

"你们怎么喝这些浑浊的咸水啊?"

老驼工艾沙很诚恳地说:"我们在沙漠里生活已经习惯了,只要有水就行了。带来的水越来越少,还是留给你们喝吧!如果断了水,让你们喝挖出来的咸水会闹肚子的。我们没有马大(问题),身体好得很!"

驼工们的话语,让在场的中英联合探险队员们大为感动。

10 月 2 日,所有的探险队员体力明显地下降了,也许是昨天太拼命了,更惨的是昨天挖的井里渗出的咸水,连骆驼都不喝。他们带的水已经不多了,有两峰骆驼开始呕吐,这给大家敲响了警钟。

一些驼工拿着铁锹走向罗丝塔格山,他们企图在这里找到金子。郭锦卫让张保华告诉驼工们,不要再去了,这里没有金子。

17 时许,驼工和英方队员因为找水问题发生了分歧,英方认为前面有植被,有水的可能性大,而驼工们认为脚下就有水,坚持在这里露宿。争论的结果是大队人马留下,艾沙带人去前方

侦察。如果今晚挖不出水，骆驼就会有生命危险了。

15分钟后，驼工们发现了一处青草茂密一点的地方。大家在这里露宿后，忙开始挖井，两个小时左右，井挖好了，出了不少水，只是水是咸的，人是无法饮用的。正像艾沙说的，我们有水、有骆驼就能走出沙漠。为了减轻骆驼的负担，大家作出了丢掉一部分食品的决定。因为在第一阶段，大家无法准确估计所需时间，所以带了过多的食品。这也难怪，初进沙漠，对未来一无所知，所以总是抱着有备无患的心态。

斯文·赫定当年的那次伤亡惨重的沙漠之旅，所走路线与本次的第一阶段大体相仿，他也是要到达麻扎塔格山。今天探险队把与外围组的第一会合点定在了麻扎塔格古城堡。不幸的是，斯文·赫定错误估计了时间，用水和食品都带得太少了，更不幸的是，他们一行一直走的是麻扎塔格山脉的北麓，那里都是一望无际的大沙丘，双脚很难踏到沙丘的底部，挖出水的可能性几乎是零。而麻扎塔格山的南麓地势就平缓得多，有时竟是一马平川，甘草、鹿角羊、芦苇、红柳、胡杨交织在一起。探险队挖了一个两三米见方的浅坑，把一些软包装的油炸食品之类埋放进去，沉重的心情犹如参加一次葬礼。驼工们默默无语，似乎不理解他们的做法，内心在强烈谴责他们。艾沙老人叹了口气说："你们年轻人没有受过苦啊！"纵观世界，国家不同、民族不同、贫富不同、宗教信仰不同，但都有一个共同的观点，就是浪费食物都是可耻的。当时队员们的做法，但愿今天的人们能理解。

由于轻装了，探险队的行进速度大大提高了。

CCTV 记者失踪

第二批到达的中央电视台记者向甄希林移交了从乌鲁木齐托运来的 5 个睡袋和 5 箱威士忌酒，在和田城里换上高及小腿的沙地靴，装满了 10 桶水，捆扎好行李和设备，在墨玉县城买了两个西瓜和一袋馕，吃足了维吾尔族人做的烤包子，开始沿和田河床北上。

甄希林向记者们介绍说，由于穿越队淡水损失严重，不得不加速赶往接应营地，计划一变再变，已无法通过大本营通知他们，支援队已于 6 日出发，只剩下这辆 212，单车驶进沙漠，195 千米需十几个小时，希望得到记者的理解。他们当即表示，支援队的任务就是为穿越队提供补给，当然要抢在穿越队到达之前在麻扎塔格建立营地。他们日夜兼程追赶吧。

10 月 7 日 17 时，支援队的汽车遇到了一个约为 25 度的坡，车爬不上去，车轮空转、下陷，一会儿车轮便刨出 4 个坑，深深埋入沙里。

甄希林拿出一把锹开始挖沙子。挖走一锹沙子又流回了大半，足足挖了几十锹，车轮才基本露了出来……

21 时许，车再次陷入沙中，此时天色已晚，甄希林挖了一个半小时，终于把车开出来了。甄希林决定尽量向前赶，真走不动了再说。

汽车继续向前开了 50 米，再次陷入沙子里，由于天黑，甄希林下令扎营。

10月8日早晨，甄希林好不容易将车的4个轮子垫好，电瓶却又没电了，拼命摇了七八十下，发动了越野车，开出五六米又陷入沙子里了。甄希林又用千斤顶顶车，发现千斤顶上掉了一个螺丝，液压油漏了不少。彻底没有希望前行了。

甄希林从里程表上读出行驶千米，拿出1：50万的军用地图，用指北针测出从陷车地至麻扎塔格营地约有80千米。

甄希林不露声色地告诉大家要限制饮水，他的话虽然是轻描淡写的，可大家心里沉甸甸的。老甄和司机小杨开始翻沙丘，去河床找路。

中午12时许，燥热的空气中传来机器的轰鸣，只见沙海中摇摇晃晃地开出两辆"奔驰"沙漠卡车。这是石油物探的车辆。车上的人说，路越来越难走，一辆212单车5天也开不到麻扎塔格。沙漠卡车将支援队的车拖到了和田河的干河床上。发动机不堪重负的吼声越来越焦躁，终于冒出了阵阵蓝烟和刺鼻的机油味，支援队队员跳下车打开引擎盖，看到火苗乱蹿，迅速扬沙灭

新疆探险记

摄影/甄希林

火，有惊无险。

换了机油垫，老甄说：还有 30 公升油了，像这样低速 4 轮驱动，肯定是到不了目的地，大伙意见如何？大家表示，尽量向前，开到油尽走也要走到接应营地。开出一千米，蓝烟又起，车彻底熄火了。

甄希林带领大家在制高点上插起红旗，在低地挖了两口井，在沙丘后面的背风处搭起了帐篷，又从两千米外的一个水坑里打回了一桶积水，等待救援。

此时，从来没有这样经历的记者开始害怕了，有人担心。甄希林做大家的工作："相对于我当年登山，这哪有险可言啊！当年我们在阿尔金山陷车，足足挖了 7 天，车还是出来了。你们放心，我就是你们坚强的后盾，有我在我们大家都会安全……"

大家在焦急中又熬到了 10 月 9 日 16 时，没有等到寻找他们的卡车，甄希林拦下了过路的石油物探车，希望他们把 3 名中央电视台记者拉上送到麻扎塔格营地。甄希林和司机小杨留在了原地。

分手时甄希林把最后一点水留给了 3 名记者，此时，他们与前方和后方失去联系 50 多个小时了……

参加报道的中央电视台第二组记者本应在探险队第一次与外围组会合时到达，然而他们却迟迟未到。探险队员开始担心起来，前一天夜里他们已经沿和田河边找了两次，发射了许多信号弹，也没发现甄希林和中央电视台记者的踪迹。

10 月 8 日大家在营地休整并补充给养，邱磊与维吾尔族驾驶员艾尼江带上两个救生包，第三次寻找记者。听说这几名记者是和外围队长甄希林在一起，大家多少放了点心，因为老甄的野外经验是一流的。穿过一片片芦苇丛和胡杨林，在不是路的路上寻找了 80 千米，仍未发现记者们的踪影。在这莽莽沙海中，危险随时可能发生，而这几名记者肯定不会有足够的救生用品。回到

营地后，大家只有焦急地等待，并同乌鲁木齐联系，然而乌鲁木齐能给的答案是他们早已进入沙漠。

夜幕再次降临在"死亡之海"上，队长郭锦卫等不下去了，再次驾车去寻找。半夜时分，他再次无功而返。

第二天上午，3名记者失踪已经近60个小时了。

又过了很久，3名中央电视台记者终于赶到营地。有人说："你们可真行啊，穿越队没出什么事，你们倒让人捏了把汗，我们的稿子都写好了——《CCTV记者失踪60小时》。"

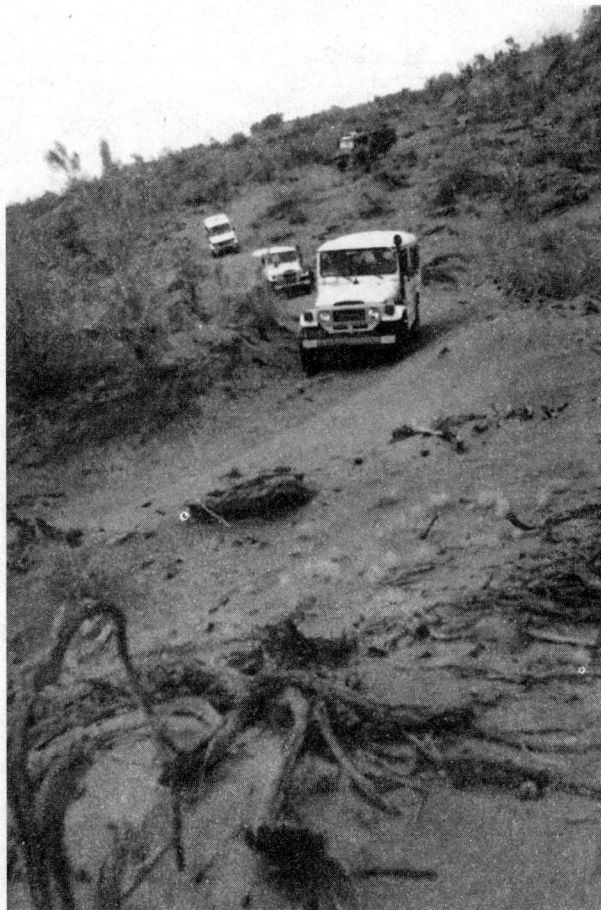

摄影／竹山

新疆探险记

又有人说:"营地在昨夜和今天中午两次派车去找你们,还发射了信号弹。有人说不行就请空军派直升机吧,郭队长说有老甄在出不了事的。"

说到甄希林大家的眼眶湿润了……

十几个小时后,甄希林又赶上来了……

西部奇人

    10月4日，探险队从古董塔格山向麻扎塔格山进发。出发前，大家做着紧张的准备工作，赵子允突然对郭锦卫说："小郭，你们先走，我请两个小时假，我想到山上看看。"没有等到郭锦卫说同意还是不同意，他转身就向山上走去。大家都知道，他是去做地质考察去了。大家有些不放心。探险队沿着山前平坦的戈壁滩向前面的沙丘行进。

    邱磊和张保华在一片沙丘前停了下来，并留下来3峰骆驼等赵子允。在沙漠里一个人脱离队伍，危险很大。彭加木当年的不幸就是一个例子。

    大约40分钟后，赵子允兴高采烈地回来，虽然他的脚步显得有些沉重，但是，他的精神状态却很好，看样子他有了重大的收获。果然，他从那件大红风衣的口袋里掏出了十几块大大小小的石头。他还未开口说话，就先是满脸的笑容，他说：

    "我发现了一座玛瑙山，满山都是玛瑙。"

    他边说边向大家展示各种已经形成和正在形成的玛瑙。

    赵子允是一个有杰出贡献的地质学家，他的足迹踏遍了新疆的沙漠、戈壁、荒原、山川、河流。

    1985年，一篇关于青藏高原地质概况的论文在《科学》杂志刊登后引起了地质界的轰动，它推翻了长期以来学术界对青藏高原的错误认识，第一次系统阐述了青藏高原的地质成因及未来发展趋势。人们对文章中缜密的论述以及大量详实的资料感到震

摄影/晏先

惊之余，意外地发现，这篇具有大家风范的论文居然来自一位名不见经传的中国地质工作者赵子允。

外界给赵子允起了不少名字："沙漠王"、"罗布泊活地图"、"生命罗盘"、"疯子教授"、"拼命三郎"等。

赵子允长年的野外生活，已把他磨练得乐观而淳朴，没有一点做作。他了解沙漠就像了解自己一样，在找水方面的推断真令人敬佩。他说："有红柳的地方，即使挖出水也是苦的；有鹿角羊、骆驼刺的地方，水一般是甜的；有芦苇的地方，挖一米五左右就能出水。"

赵子允还是个找矿专家。新疆若羌县曾提出要以矿产为龙头发展经济。县委书记说："要搞矿业，就必须先把赵子允请来。"这位老县委书记去世后，县里"三顾茅庐"请赵子允出山。赵子允感动了，离开了乌鲁木齐的家，来到条件艰苦的若羌县。赵子允经过考察得到的答案是：若羌是玉石和黄金的高产地。一定要上机械化开采，个人开采浪费太大，且财富都流到了个人手里，所以一定要加以限制。赵子允的建议得罪了许多发国家资源财的人。就在这次赵子允进沙漠前不久，他还被一伙地痞流氓吊起来毒打，因为赵子允坚决不给他们有关金矿位置的资料，不让他们的发财梦得逞。

20年前，赵子允担任新疆地质勘探队分队长，正在阿尔金山—昆仑山一带探矿。有一天，《中国地质报》上的一篇文章引起了他的兴趣。文章的标题是《皇家金矿今何在？》，作者是新疆地矿局的一位专家。据他在文章中讲述，新疆于田一带曾经有金矿，其中位于于田县境内的两个"皇家金矿"（一个叫"大金厂"，一个叫"小金厂"），不但早在清乾隆年间就大规模开采，而且几乎承担了当时朝廷军费的全部开支。由于自然环境的严酷，气候条件的恶劣，物资供给的困难，加上战乱、匪患等的影响，这两个"皇家金矿"渐渐被历史的沙尘所遗弃、湮没，现在已经无法确定它的确切位置……读罢这篇文章，赵子允又兴奋又激动，当即暗下决心：一定要在有生之年，找到这两个几百年前

摄影/甄希林

就声名显赫的"皇家金矿",尤其是据说至今仍储量丰富的"大金厂"。

此后的数年间,赵子允开始一边四处探访,一边查阅资料。他从各种途径获取的信息了解到,"大金厂"坐落在一条海拔5000米以上的两山之间的河谷地带,丰富的沙金矿藏曾吸引成千上万的"金客"从四面八方涌来。他们忍受着常人难以忍受的高原反应,顶着烈日、狂风、冰雹和寒流的袭击,掘地为室,进行着淘金的梦想。诱人的黄金梦使有的人一夜暴富,有的人瞬间抛尸荒漠。然而,正是这无数的活人、亡者的血汗,每年才会有上万两黄金源源不断地从遥远的西域运往京城,几乎供应了乾隆王朝的全部军费开支。尽管后来金矿渐渐冷落、萧条,但1950年,王震将军麾下的中国人民解放军2军5师15团1营官兵,在为筑新藏公路打前站时竟然意外地发现金矿,并就近淘金,145人挖了两个月就淘到了不少黄金。又据说,当地居民也有屡屡去冒死淘金者,归来描述那儿遍地黄沙遍地金,"大者如豆,细者如粟",只是金坑"阴森可怖,恍若地狱",与史书上的记载大体相同。这个"大金厂"在英国冒险家斯坦因的著作中也有记载,他1908年经过宰列克大峡谷时曾看到过金矿,只可惜金矿已经大半荒废。

据所掌握的资料、线索和所积累的知识、经验,以及多年的实际考察,还有理论推断,赵子允初步认定"小金厂"就在于田县城东南6千米处的卡巴山,"大金厂"就在于田县城东150多千米处的苏拉瓦克山。

1994年,赵子允从当时长年工作的且末县出发,历尽千难万险终于找到了"小金厂"。"小金厂"就在且末县城东南350千米处。"小金厂"最令他触目惊心的是,并非是掏挖得马蜂窝似的金洞,而是遍地大大小小的坟堆,被风雨洪水冲刷出地表的石棺,以及暴晒在炎炎烈日下的累累白骨,它们都仿佛向赵子允讲

摄影/甄希林

述着一代又一代淘金者的梦想与惨烈。赵子允认真地数了数,光保存完整的坟墓就有 180 个。就在他首次踏破"小金厂"百年沉寂后的不久,一位姓安的老板获准投资开矿,短短几年就淘成了百万富翁。

找到"小金厂",他更坚定了寻找"大金厂"的决心。然而,寻找"大金厂"的时间更加漫长,路途更加曲折艰难,几乎又耗去了他 10 年的心血。他的好朋友温守明自告奋勇率先探路,为他的全面考察打前站。因为温守明就是土生土长的于田人,对当地的地理环境、气候和行动路线都比较熟悉,又有野外探险的经验。

1999 年 6 月的一天,温守明根据赵子允提供的方位和路线图,牵一头壮硕的黑驴,带一条凶猛的老黄狗,沿喀拉喀什河(白玉河)向上游进发。不料 5 天后,温守明一个人回来了。他

新疆探险记

疲惫至极，狼狈不堪。温守明说严重的高原反应，莫测的风雪和鸡蛋大的冰雹，无情地夺走了温守明的两个伙伴（跟随他出生入死多年的小黑驴和老黄狗）的性命，好在他没敢贪恋，总算死里逃生。

第一次朋友的探路惨败，不但没吓住赵子允，反而激起了他凡事不达目的决不罢休的倔强天性。他决定亲自出马。

2000年6月，他和温守明每人骑一辆摩托车，循王震将军当年率部修筑的公路前行。谁知好不容易跑出150千米，才发现公路早已被山洪冲垮，牛大的巨石和数米深的断崖横亘在前，除了鸟儿，人是根本无法通行的。他们只有仰天长叹一番，无比沮丧地返回。

这次失败归来，温守明的大哥劝阻他们说："你们到底是想要金子，还是想要命？我宁肯要命也不要金子。你们别再玩命了。"

摄影/竹山

寻找"大金厂"并非为自己捞几粒金子，而是为国家勘探矿源的大事，岂能半途而废？2001年8月，赵子允经过多方奔走，终于组织了一支10人的探险考察队，在于田县以每头600元的价格买了10头毛驴，驮上各种给养，踏上了征程。这次他们的口号是："不找到大金厂，誓不回家！"经过十几天的艰难跋涉，他们在几乎不能叫"路"的山路上跋涉了几十千米，强忍住高原反应所带来的无法形容的痛苦，遭遇无数次突如其来的雷电、暴雨、冰雹、风雪，终于找到了梦寐以求的"大金厂"。

那天正午，天气意外地好，他们就像一群刚刚结束战斗的散兵游勇，疲惫不堪地坐在山地的高处，遥望晶莹发亮的白玉河两岸散落着的密密麻麻的金洞（他后来认真数了数，有2000多个），和一座紧挨着一座的墓堆，真是无限悲凉，感慨万端。在此后几天的考察中，他们看到了当年淘金者遗留的居室、灶台、驴圈、食品、衣物和工具。他们发现，几乎在金矿每一方平台上都有坟墓，可以想象在那绵延百年的淘金热中，这里倒下了多少强悍的金客，淹没了多少美丽的梦想。

这果然是一条狭窄的河谷，海拔在4400米左右，短促的夏季除了河床上生长些红柳、梭梭等耐寒耐旱的高原植物外，山体光秃秃的几乎寸草不生。世人梦寐以求的黄灿灿亮晶晶的金子，就生长和深藏在这样人迹罕至的地方。这也许就是大自然对人的厚赠和捉弄，让你在得到财富的同时必须经受意料之外的考验与磨难，并不得不付出惨痛的代价！

找到了"大金厂"，赵子允终于圆了20年的梦，但考察队损失惨重，10头毛驴接二连三地死了9头。他们把侥幸活下来的那头毛驴小心翼翼地牵进住人的帐篷，给它"老人家"穿上羽绒服和皮大衣，然后齐刷刷跪下来磕头作揖："驴爷爷，您千万千万别死。您死了，我们这10个人可咋回家呀！"也许是他们的祷告感动了苍天，这头驴真的还陪他们回到了家。返程前，他们将所有视为累赘的水、食品和野外必备的物资深埋在"大金厂",为下一次的考察打好前站。这是他们这些野外工作者常做的事。

2003年夏,考察队再次返回"大金厂",不但取回了金矿样品,还圈定了金矿可持续开采的范围,认定其矿脉绵延起码在50千米,是目前新疆最大的金矿,也是中国特大型金矿之一。

"大金厂"找到了,而且据初步考察估计,它的黄金储量和挖掘前景不可小视,因为古人采矿的手段和工具都原始落后,尤其是"采易弃难","采富弃贫"的方式,给我们留下了宝贵的资源。不过,如果没有国家的投资,没有一条好路,没有大型机械和现代化设备的介入,保证不了必要的物资供应,新的开发恐怕依然只是美丽的梦想。因此,找一条相对便捷和相对平坦的路线,并为修筑这样一条"黄金大道"取得第一手资料又成了赵子允的一个心病。

2004年7月初,受新疆地矿局第一区域地质调查大队的委托,赵子允组成一行20人的庞大考察队,决定前往西藏。因为

摄影/文昊

根据多年的考察，赵子允认为最好能在当年王震将军率部筑路的基础上，从西藏阿里的黑石北湖修条路直通"大金厂"。

由一辆德国产"尤尼莫克"大型沙漠车开道，两辆进口越野吉普车紧随其后，他们从首府乌鲁木齐出发，先到达南疆重镇库尔勒，然后从轮南走沙漠公路，晓行夜宿，成功穿越"死亡之海"——塔克拉玛干沙漠，5天跑了2000千米，顺利到达民丰。在民丰，他们决定先到叶城，再由叶城翻越界山达坂进藏。选择这条线路也是万不得已。因为早在2000年5月，他们曾试图从民丰沿库雅大裂谷直达克里雅山口，结果来到克孜勒阿特达坂才发现，由于河水仍然封冻根本不敢贸然前行，来回半个月白跑了1000多千米的冤枉路。这次从叶城走界山达坂，是基于这样的考虑：界山达坂虽然海拔在5300米，终年积雪，鸟兽见愁，是一座令人望而生畏的天然屏障，但它毕竟是新疆与西藏的必由之路，著名的青藏公路上车辆相对较多，万一遇到险情他们还容易获救。

叶城距界山达坂约800千米，界山达坂距克里雅山口约400千米，路途并不算太长，但由于他们一路上都是在崎岖不平的沙石间艰难缓行，又正值盛夏，青藏高原上的永冻层开始融化，连片的沼泽地不断地使车队陷入防不胜防的泥沼，加之海拔上升速度太快，人人几乎都处于"生死抗争"的危机状态。直到8月8

摄影/竹山

日，他们才到达阿里境内的克里雅山口。

虽然克里雅山口海拔在 5530 米，环境更加恶劣，但他们心里都很兴奋，因为这次他们毕竟没有白跑。如果从界山达坂修一条路，只需 80 千米就可以直达"大金厂"。然而万万没有料到，返程中他们遭遇到意外的凶险：被一伙身份不明的人"绑票"勒索，如果不是人多势众，恐怕真会抛尸荒野呢！

2004 年 8 月 8 日下午，他们来到克里雅山口南坡（属西藏），只见在王震部队当年修路遗留的一栋"石房子"周围扎了好多帐篷，帐篷外堆满了车辆、油罐等物资，远远近近晃动着不少身穿迷彩服的人。这一路 2000 多千米，几乎都是在连鸟兽也罕见的"无人区"行进，突然见到这么多的人和这么热闹的场景，他们都备感亲切，不由得兴奋起来，急着向人家打招呼："喂——你们是干什么的？""我们是……第三大队的！"路边有个大胡子回答。

"噢！原来是同行。"赵子允还以为他们真是地质第三大队的，就跳下车与大胡子握手、寒暄，并如实告诉他们是为金矿探路的，今天要去山口北坡（属新疆），明天返回。谁知，第二天 18 时许当他们返回时，这儿的所有道路都被挖掘机挖成 2～3 米深的壕沟，又在壕沟两侧用推土机推起几米高的土埂。他们大惊失色，不知一夜之间这儿为何出现这样的意外？正当他们困惑不解欲找人问明情况时，一伙身穿迷彩服的年轻人拦住了他们，学着《水浒》上的"梁山好汉"口气，振振有词地叫道："此路是我开，此树是我栽。若要从此过，留下买路钱。如果不给钱，一刀宰一个，管杀不管埋！"

这简直是无法无天！清平世界，朗朗乾坤，在法制中国的土地上，咋会冒出这么一伙不明底细的家伙？"难道是越境的'基地分子'？"望着这伙人中有长胡子、短胡子，还有"洋胡子"，赵子允心头陡然一惊，禁不住吓出一身冷汗！因为克里雅山口与印度、巴基斯坦和阿富汗3国交界，西南100千米处就是著名的"麦克马洪线"，其地形复杂，人迹罕至，极易那些惶惶如丧家之犬的家伙流窜、躲藏。然而，这伙人又不像是受过军事训练的军人……得先摸摸底再说。于是，赵子允壮着胆子对这些人说："你们是中国人吧？凡是生活在青藏高原和新疆的中国人都知道，这条路不是我修的，也不是你修的，而是50年前由王震将军带领解放军修的。我们走的是解放军修的路，先人修的路，为什么要给你们留'买路钱'？你们到底是干啥的？"

赵子允的话镇住了这伙人，这伙人支吾了半晌，回答不出一句话来，就突然恼羞成怒，一声呼哨又招来几十人，个个手操木棒、铁钎、十字镐，眼放凶光，面露杀气。这也激怒了赵子允他们随队的十几个小伙子，他们纷纷摩拳擦掌，拿家伙跃跃欲上。赵子允怕真的打起来吃亏，就按住大伙儿悄悄地说："千万别冲动！我们既不了解他们的底细，也没弄清他们的目的，他们又人多势众，咱们好汉不吃眼前亏。先保护好我们的资料和车辆要紧！"

赵子允他们就这样"束手被擒"，这伙人像押解俘虏似的将他们分别关进几个帐篷看管。赵子允向一个小头目似的年轻人拿出相关证件，耐心地说明他们是为国家寻矿探路的，但被这家伙挥手粗暴地制止："我不管你们为谁卖命，反正我们只管修路。修路就要收过路费，谁来了也不例外！你们识相点，留下钱快快走人。否则，这荒郊野外，死个把人算X，到处都埋着冤鬼呢！哼！"

看来，这些家伙是想敲赵子允他们一笔钱。为脱身只好"破财免灾"了。赵子允问他："你们想要多少钱？"那小头目竟然狮子大张口："50万！"吓得赵子允倒吸了一口凉气。赵子允心平气和地说："小伙子，你少要点我们还有商量。这么整，我们可是一个子儿都没有。如果你坚持要几十万，那么只有一个办法，

就是干脆把我留下来做人质，放他们回去筹钱。待筹够了钱再来赎我。"赵子允话还没说完，身旁的几个同伴就叫起来："赵子允，您可不能留啊！我们这次出来考察全靠您。您万一有个三长两短，我们回去怎么交待？"赵子允坦然笑道："老话说，人生七十古来稀。我今年都68岁了，还怕死不成？在这青藏高原，我啥场面没见过？"

然而大伙儿就是不同意赵子允当人质，你一言，我一语，嚷个不休，扣押他们的那伙人见状，也许明白狮子大张口的结果，恐怕连一分钱都拿不到，又不可能把他们这20号人全都"干掉"。于是，开始跟赵子允他们"友好"地谈判。为了尽快脱身，他们也只好作出妥协，与这伙强盗达成"谅解"，最后以5万元"成交"。当赵子允他们倾尽所囊，将凑足的5万元现金点给他们时，赵子允又多了个心眼，坚持让这伙人打个收条，说回去好报账。那伙人也许急于打发他们快点滚蛋，其中一个头目在桌上随手撕了一张上头印着一行红字的"公用笺"，胡乱写了个"罚款收据"扔给赵子允。赵子允却如获至宝，忙收好揣进怀里，招呼大家快快启程赶路。

此时已是2004年8月10日的凌晨2时，他们被扣押了整整8个小时啊！尽管外面风雪交加，天地一片惨白，根本看不出哪儿是险坡，哪儿是山路，他们还是迫不及待地往前瞎闯，结果一辆车误入沙坑，折腾了好半天才弄出来。待车队离开那个是非之地走出十几千米，赵子允和大伙儿才真正享受到安全和自由的快感，都长舒了一口气。劫后余生，赵子允开始"吹牛"说："我老赵几十年闯江湖，名震阿尔金山、昆仑山，再黑的金老板见了我也得礼让3分。唉！不料今儿关公走麦城，败在了这伙连姓名都不敢留的毛贼手里。不过呢，你们别垂头丧气，那5万元不出3天，他们准得原封不动乖乖地给我们送回来！"

"赵子允又满嘴跑火车了！"大伙儿一肚子的怨气正好没处

撒，便七嘴八舌把他好一顿奚落。赵子允就拿出让那伙人开的"收据"让他们看："你们瞧瞧，这上面有啥?"大伙儿看了半天也没看出名堂。他指着那张公用笺顶端上印着的"×××有限责任公司"的大红字样，不无得意地说："这就是破案线索，懂吗?他们是跑不了的，我呢，其实倒不是心疼那5万块钱，而是心疼我那两部照相机和里面的胶卷，还有这一路上收集的标本、样品和记录。那可是比我的命都值钱的呀!"

第二天，他们一到界山达坂就派专车去阿里报案。他们的报案引起了阿里地区党政领导和军分区首长的高度重视，当天就由公安、边防、工商和税务等部门数十人组成的联合执法队，分乘13辆汽车浩浩荡荡直扑克里雅山口，将绑架和勒索他们的那伙人依法收审。得到消息后赵子允他们高兴得欢呼雀跃。这回，那些视法律为儿戏、胆大妄为的"捷径大盗"该彻底栽了!

果不其然，他们一到喀什就收到了那伙人勒索的5万元钱，

摄影/文昊

新疆探险记

还有赵子允的两部相机，只可惜他一路上搜集的矿石标本、沙金样品、考察日记和拍摄的胶卷，被那伙人无知地弄没了。

有人说，如果你把赵子允孤身一人扔到罗布泊，没有任何粮食和水，他都能走出来。从1958年第一次进入罗布泊进行测绘开始，赵子允在这里累积有8年的工作经验，练就了非常过硬的野外生存本领，对这里的熟悉使他把这块生命禁区当成了自家后院。

1993年9月正在野外探险的赵子允被召回，去参加中英联合探险塔克拉玛干沙漠。当时的英方代表看到这个满身泥巴的乡下老头很不高兴，并向中方提出，你们派这么一个老头，如果他死在里面并影响到整个队伍怎么办？结果是赵子允用他长达7年的沙漠工作经验，经历58天，行程1500千米，带领队伍走出了死亡禁地，完成了人类首次东西穿越塔克拉玛干沙漠的壮举。这一年赵子允57岁。

沙漠之舟

　　在这次中英联合探险活动中，骆驼和驼工立下了汗马功劳。

　　老驼工艾沙已经是 72 岁高龄的老人了，可以说他的生命中无处不与沙漠有着千丝万缕的联系。在沙漠里行走，哪里能找到水，哪里可以找到供人饮用的甜水，哪里有胡杨林，哪里可以安全扎营，他都能如数家珍。

　　在这次探险中，中英联合探险队曾经几次迷途，都是靠着艾沙丰富的经验走出来的。

　　中方队长郭锦卫照顾他年事已高，特别腾出一峰骆驼让艾沙骑上去。也许是由于疲劳，艾沙骑上骆驼没有多长时间，就睡着了，结果从上面掉下来摔伤了。

　　他一路上表现的吃苦耐劳的顽强精神，让中英联合探险队员都很敬重他。他古铜色的脸上布满了深深的皱纹，银须飘飘，骑在骆驼上的样子十分威风，英方队员称他为"蒙古皇帝"。

　　他干活认真，又很负责任。在夜里宿营时骆驼逃跑了两次，都被艾沙老人连夜率领驼工追赶了回来，没有影响到探险队的进程。探险队员水紧张时，他悄悄地带领驼工们喝沙漠挖出来供骆驼饮用的地下水。

　　由于老人没有文化加上语言上的障碍，所以一直搞不清楚探险队是干什么的。他对郭锦卫说："我保证把骆驼侍候好，如果你们找到了金子给我一点点就行了。"他的话让大家哭笑不得，也不知道如何向他解释清楚。

艾沙老人不能再随探险队前行了，他将随外围支援队运送给养的车辆撤出沙漠回家疗伤。

10月10日早上，艾沙向探险队员告别，老人慈祥的脸上露出了沮丧的表情，老人流着泪说：

"如果我的腿没摔坏，与大家一起走出沙漠那该多好啊！"

老人的话让送行的中英队员为之落泪。

由于艾沙因伤退出，外围支援队队长甄希林及时地与于田县政府取得了联系。于田县政府从全县的驼工中挑选了优秀驼工随外围支援组赶到探险队。

探险队在第二阶段只有4名驼工照料30峰骆驼，工作量很大。所以在于田县又选派了几名驼工参与进来。

从于田县派来了3名驼工，但探险队只需补充两名驼工，所以那名上不去的驼工情绪有点儿激动，他坚持要跟着走，并说："我不要馕，也不要装备，我什么都不要，就是要跟你们进去！我们村里的人都知道我要和你们进沙漠探险了，现在要让我回去，我无法向村里人交待了……"他激动得和郭锦卫争执起来了。但探险毕竟不同于一般的活动，多一人就要多三峰骆驼携带装备、食物、水等，最终这名驼工也没能加入进来，只好失望地与队员告别。

于田县上来的两名驼工一名是51岁的苏来曼·肉孜，另一名是23岁的小伙子阿不杜艾尼巴不冬。苏来曼加入后，很快就凭着他丰富的经验和最年长者成了驼工的领导人。苏来曼的经验和工作方式的确令人信服。可以清楚地看出，于田县的驼工和麦盖提的驼工一会合在一起，双方就在较量各自的功力，仅就跟随探险的这几位驼工来说，的确于田县的驼工水平比麦盖提的驼工要技高一筹。举个简单的例子，在前两阶段探险中，探险队的骆驼受伤情况严重，其中一个主要原因是驼架做得不好，再放上沉重的行李，许多骆驼的背部很快就被磨得皮开肉绽。苏来曼见到这种情况非常生气地说："养骆驼的人连驼架都做不好吗？"他拿出一枚缝麻袋的大针，几乎把每个驼架都重新加工缝制了一遍。自从苏来曼老汉上来后，骆驼的发病率明显下降。

再说这些骆驼体质和能力实在不佳，这次史无前例的沙漠探险，所用的骆驼本应是百里挑一的精品，但探险队使用的骆驼除客观原因造成伤残以外，其本身的体质状况也不尽如人意，没有几峰骆驼能胜任重体力工作，这主要表现在骆驼体力下降，行进缓慢，爬陡坡困难等等，这对探险的成功构成了极大威胁。

这些生活在沙漠边沿的驼工们，过的是一种简单而平淡的生活，他们节约每一点食品，节约每一样东西。一天午餐后，探险队员仍像以前一样把吃剩的饼干屑扔在地上准备埋掉，苏来曼见到后，却走过来将它们拾起，放入一个小塑料袋中收了起来，虽然大家一句话也没说，却都感到了一种心灵上的震动。

探险到了第五阶段时，水箱空了队员们准备扔掉它，以减轻探险队的负担，可是苏来曼每次都坚持带走。11月11日早上出发时，查尔斯要将两只空水箱丢掉，而苏来曼却悄悄地将它们绑在了骆驼上，可查尔斯似乎不理解这点，坚持要苏来曼将水箱取下来。无奈，苏来曼只好又将水箱放在了地上。队伍出发了，英方仍走在前面，苏来曼却在原地不动，将它们又绑在了骆驼上。

11月15日，那峰苏来曼绑空水箱的骆驼惊了，因为骆驼卧下时，水箱顶住了骆驼的腹部。骆驼是很容易受惊吓的。它一惊起来，就乱踢乱跑，如果恰好在陡坡上，就十分危险了。

当苏来曼看到骆驼惊了以后，毫不犹豫地又把他费尽心机才保留下来的这两只水箱丢掉了。他这种顾全大局的做法令每一个人特别是查尔斯深为感动。为了探险成功，苏来曼打破了自己几十年来艰苦朴素的生活准则。

与赵子允不同，苏来曼全部的生活意义就在于饲养骆驼。在这次探险成功后，他买去了探险队全部的骆驼。其实这些骆驼要再养出膘来，需要花费很大精力，但他舍不得这些为此次探险立下汗马功劳的骆驼。

这次探险对所有驼工来说，也同样经历了一次世界观的转变。从一开始他们认为探险队是在寻找黄金，企图发大财，到后来真正理解了探险队的探险行为，他们的视线已从黄金、羊群上移开，投向了一个更为广阔的世界。

摄影/文昊

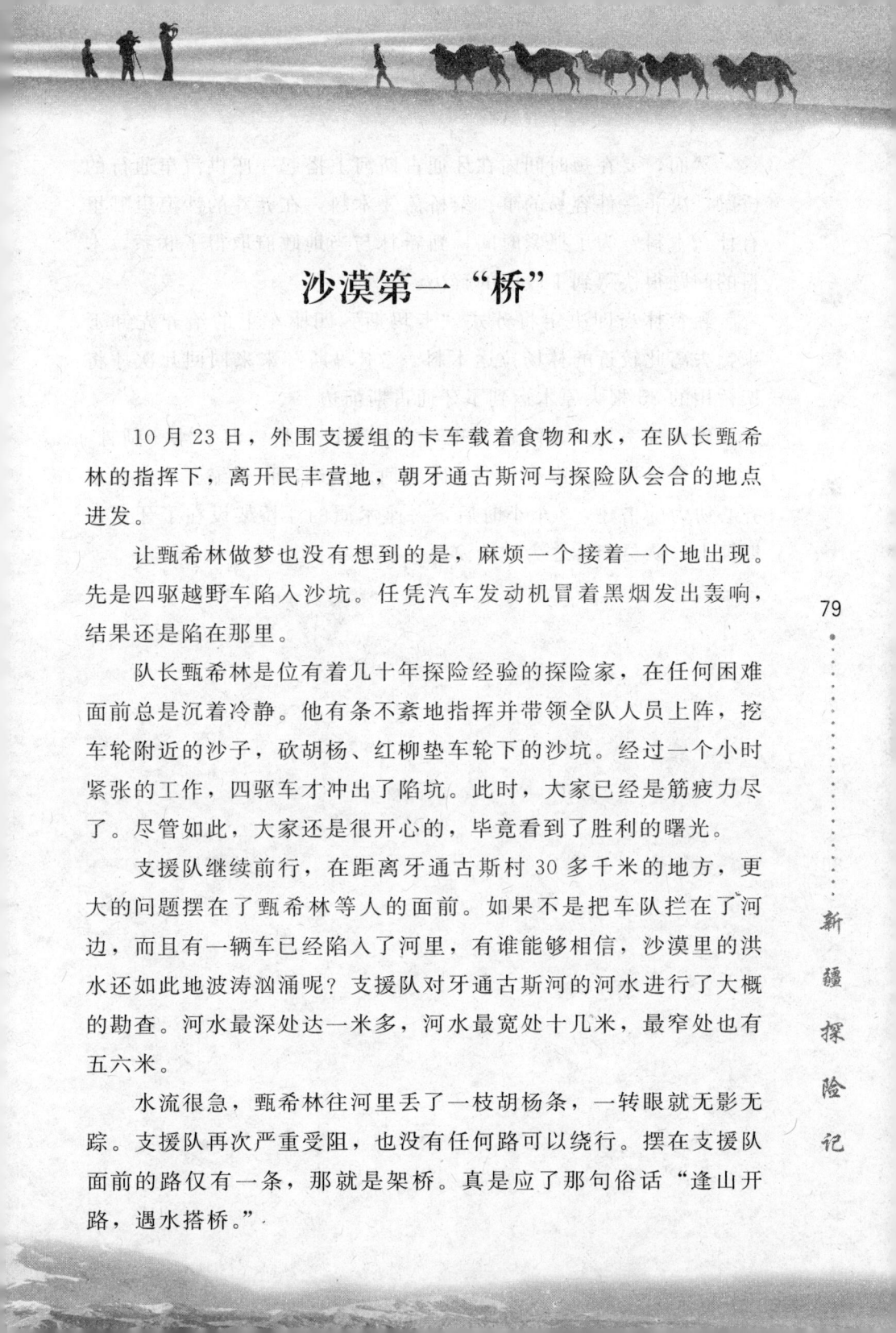

沙漠第一"桥"

10 月 23 日，外围支援组的卡车载着食物和水，在队长甄希林的指挥下，离开民丰营地，朝牙通古斯河与探险队会合的地点进发。

让甄希林做梦也没有想到的是，麻烦一个接着一个地出现。先是四驱越野车陷入沙坑。任凭汽车发动机冒着黑烟发出轰响，结果还是陷在那里。

队长甄希林是位有着几十年探险经验的探险家，在任何困难面前总是沉着冷静。他有条不紊地指挥并带领全队人员上阵，挖车轮附近的沙子，砍胡杨、红柳垫车轮下的沙坑。经过一个小时紧张的工作，四驱车才冲出了陷坑。此时，大家已经是筋疲力尽了。尽管如此，大家还是很开心的，毕竟看到了胜利的曙光。

支援队继续前行，在距离牙通古斯村 30 多千米的地方，更大的问题摆在了甄希林等人的面前。如果不是把车队拦在了河边，而且有一辆车已经陷入了河里，有谁能够相信，沙漠里的洪水还如此地波涛汹涌呢？支援队对牙通古斯河的河水进行了大概的勘查。河水最深处达一米多，河水最宽处十几米，最窄处也有五六米。

水流很急，甄希林往河里丢了一枝胡杨条，一转眼就无影无踪。支援队再次严重受阻，也没有任何路可以绕行。摆在支援队面前的路仅有一条，那就是架桥。真是应了那句俗话"逢山开路，遇水搭桥。"

然而，要在短时间内在牙通古斯河上搭起一座供汽车通行的桥梁，决非一件容易的事。架桥需要木料，在莽莽的沙漠里哪里有什么木料？为了抓紧时间，甄希林与当地政府取得了联系，木料的问题很快得到了政府的解决。

甄希林当即决定将苏式"卡玛斯"四驱车上的给养先卸下来，去离此较近的林场拉运木料。"卡玛斯"来来回回几次才将架桥用的 35 根大原木运到了牙通古斯河边。

甄希林率领大家跳进河里，开始架设浮桥。河水冰冷刺骨，大家咬牙坚持着，没有一个人因为河水的冰冷而退缩。经过大家齐心协力的搭建，3 个小时后，一座木质的浮桥架设在了牙通古斯河上。队员们称之为"沙漠第一桥"。

会师牙通古斯

10 月 24 日中午，也就是探险的第三十二天，甄希林率领的外围支援队到达距民丰县城 180 多千米的牙通古斯村，正准备安营扎寨，迎接探险队的到来。这时一群维吾尔族小巴郎（男孩）叫喊着跑了过来。他们是来传递探险队到达的消息的。

这是让甄希林没有想到的，因为按计划，探险队还有 3 天左右才能到达，没有想到他们提前了这么多时间。

甄希林和队员们跑上了高处的沙丘，远远地看见一支支驼队朝这里走来。走在最前面的是郭锦卫和张保华，他们两人已经是蓬头垢面了，他们相互拥抱着已泣不成声："我们终于得救了。"

这是在整个穿越阶段的第三个阶段，也是条件最为艰苦的时期。连绵的沙丘越来越大，有时一眼望不到边。最后几天探险队已经断了水，就连骆驼喝的水也找不到了。这一带的沙漠里根本挖不出水来。

探险队员们喝水的样子实在好笑，大都连喝了五六碗。几天没有饮水的骆驼，把头深深地伸到引水池里，一口气喝了半个多小时。

48 岁的买多提买多里克是牙通古斯村的村主任，他介绍说，牙通古斯汉语的意思是"野猪出没的地方"。全村 60 户人家，302 人，有一个人是汉族，他叫"大师傅"。他们以放牧为生。村里平均每人有 30 多头牲畜。每逢冬季，村民们赶着牛、马、骆驼逐水草而居，夏季则较为集中地居住在一起。

村民大都不富裕，村里没有通电，也没有电话。

这里的水倒是很充足，而且是甜水，村民们亲昵地称之为"六盘水"。意思是，这里的水可以带动六盘水磨。

这个古老的村庄有史料记载，有着 580 多年的历史。1993年，村里有了第一个学校和医疗室，乡政府派来了一名小学教师和一名赤脚医生。

大漠中的汉族"大师傅"

10月25日，中英联合探险队的突然闯入，打破了这里的安宁。在牙通古斯村村民中间有一个皮肤黝黑的汉族人的面孔引起了探险者的关注。

这里应该是罗布人生活的地方，怎么会有汉族人？这一下引起了随行记者的兴趣。

这个汉人就是钟剑峰。而就是这一天改变了他的命运。

1993年，钟剑峰59岁，是牙通古斯这个几百人小村中惟一的汉族人，很快人们就发现他是个有着悲惨命运的传奇人物。他出生于广西壮族自治区鹿寨县英山乡的一个地主家庭，原名钟章玉，乳名"五三"（他祖父53岁那年他出生，故名）。钟剑峰是他到新疆后改的名字。

20世纪50年代初，钟剑峰曾就读于桂林地区财贸干校，先后在鹿寨县四排乡、平山乡工作过。1957年，在县供销社任会计的钟剑峰由于"家庭出身不好"，屡遭排挤打击，愤然出走贵州。当时他在县里已有妻女，其妻在他出走两年后改嫁。1960年他又辗转至新疆，流落在喀什。1969年，文化大革命中，喀什的红卫兵分成两派，武斗升级，钟剑峰再次因为家庭出身问题而受株连，受到造反派通缉。他在一位卡车司机的帮助下，藏在货车中连夜出逃至和田，后又步行至民丰县，被当地公安机关作为外流人员收容，分配在民丰县红星公社当社员。

1976年，他认识了一个大眼睛的维吾尔族女子，她叫多来

提罕，22岁。她小的时候父母双亡，刚刚结束了一场不幸的婚姻。也许是同病相怜的缘故，钟剑峰很同情这个不幸的女人，经常帮助她，替她干活、替她分担家中的困难。随着时间的流逝，两人在生活中慢慢产生了深厚的感情。不久他们就结了婚。

钟剑峰在内地时被整怕了，他们住在离城市较近的地方每天提心吊胆，夜里经常被噩梦吓醒。细心的多来提罕看透了丈夫的心思，她告诉钟剑峰，在160千米处的沙漠深处有个与世隔绝的村庄叫牙通古斯村，那里有她的一个舅舅，我们去投奔他吧。那里的人很善良，荒地也多，只要我们勤快是饿不着的。妻子多来提罕的这个提议对钟剑峰诱惑很大，他想那里一定是个世外桃源，当即决定去那里。

为了不惊动别人，他们是在天还没有亮就悄悄离开了家门，去寻找梦中的家园。

牙通古斯河发源于几百千米的昆仑山脉，蜿蜒细长，河水哺育了牙通古斯村70多户人家，最后又静静地消失在30千米外的

摄影/竹山

沙漠深处。

这里没有喧嚣和嘈杂，有的是宁静和祥和。千年的胡杨林壮观迷人，村口有一汪清澈的水潭。村民们热情好客、淳朴善良，村庄有500多年的历史。钟剑峰一下子爱上了这片土地，这片土地上的人们也很宽容地接纳了他。

钟剑峰的到来使这个古老的村庄发生了历史性的变化，同时这个古老的村庄也在改变着钟剑峰。为了很快融入这个群体，头脑灵活的钟剑峰很快就学会了当地的语言，他和这里的大人小孩都成了朋友。

这里多数人还住着地窝子，能住上草木房子的只有少数人家。这里的草木房子的建筑结构和建筑方法也很原始落后。这里的人建草木房子只会用绳子绑木头，然后别上红柳枝条，再用泥巴抹上，房子就算是盖成了。

钟剑峰在内地是个出了名的木匠。他到了牙通古斯村后，先为自己建造了一套房子，又打了几件简单的家具。

钟剑峰这很普通的手艺活，一下子成了村庄里的头号新闻，村里的男女老少都前来参观。他们羡慕的目光打动了钟剑峰。从这些目光里钟剑峰读懂了这些村民的心思。不久就有村民找他帮忙建造房子了，钟剑峰无一拒绝，渐渐全村人都住上了钟剑峰帮助建造的房子。钟剑峰在村里的威信也越来越高，人们见了他都会恭恭敬敬地叫一声："大师傅！"

钟剑峰与妻子多来提罕感情也越来越好，丈夫在村里成了最受人尊敬的人，妻子的脸上永远挂着的是自豪的笑容。她深深地爱着自己的丈夫，钟剑峰也十分爱自己的妻子。两人一起干地里的活，一起做家务。不久他们爱情的结晶——儿子来到了人世，无疑给他们的幸福生活锦上添花。后来他们总共生了3个孩子，大儿子叫吐逊江，老二是个女儿，叫吐逊古丽，小儿子叫肉孜阿洪。这段岁月是钟剑峰生命中最幸福的。

然而，他们宁静而又幸福的生活被这支中英联合探险队给打破了。

《中国旅游报》邱磊等几名记者对钟剑峰的故事很感兴趣。

钟剑峰对记者们说，他在这儿的 6 年里说的汉话加在一起，也没有这两天说得多。他对外界的了解是从村里人偶然从外面带回的旧报纸上的内容，那本是用来卷烟用的旧报纸。他见到的最近一张报已是 1988 年的了，从那上面他知道了"胡耀邦"以及"五讲四美"。

记者们向钟剑峰介绍了改革开放后他们家乡广西柳州发生的巨大变化，听得钟剑峰眼睛都不眨一下。在钟剑峰简陋的家中，只有两张床和几个小柜子，柜子上有一个小镜框，玻璃已经破碎，镜框里镶着一张他的父母、他和前妻生的女儿以及女婿等亲人的合影照片，照片也有点破损了，照片伴随钟剑峰经历了艰苦岁月的磨难。当记者提出为他照相时，他手捧镜框跪在了地上，两眼无神地望着远方，望着远方的故乡……

当记者问他想不想回老家去看看，钟剑峰一下子泪流满面："如果能回去看看，我就是死在这沙漠里我也就满足了。"可是回去的路费对于家徒四壁的钟剑峰来说不是一个小数目。钟剑峰的遭遇感染了在场的记者们，记者们带着沉重的心情从钟剑峰家走回营地，在一辆吉普车旁，记者邱磊对大家说："钟剑峰说他至少还要 3 年的时间才能攒够 2000 元回家的路费，我想让大家帮忙，让他提前回家。我们这次前后来的记者刚好 10 人，每人给他 200 元，他就能回广西老家了！"话还没说完，大家便欣然拥护，立刻凑够了 2000 元钱，没来的由上海《新民晚报》记者强荣代垫，并推举强荣作为代表，明天和大家一起将钱交给钟剑峰。钟剑峰回家的事宜，大自然旅行社也欣然同意代为妥善安排。

10 月 26 日风沙笼罩着牙通古斯村，大家高高兴兴地去找钟剑峰，将 2000 元捐款交到了他的手上，郭锦卫和甄希林还给他带去一袋子食品。同时告诉他明年 1 月中旬，让他回广西老家过年。钟剑峰既高兴又感动……

摄影/晏先

大漠里的克里雅人

10月30日，探险队来到了克里雅人居住的原始村落。在这里，探险队发现了新石器时代人类活动的遗迹。

克里雅人是维吾尔族的一支，但是，他们的许多生活习俗与沙漠外的维吾尔族有所区别。

克里雅河作为塔里木盆地的一条内陆大河，是克里雅人的母亲河。全长758千米，流域面积7358平方千米，河水孕育的绿洲养育了祖祖辈辈的克里雅人。

1896年1月，瑞典探险家斯文·赫定沿塔里木盆地的克里雅河追寻到沙漠的尽头。他想知道，克里雅河里那最后的几滴水在哪里消失了……

他沿着古木参天的河岸向塔克拉玛干深处走去。他发现，这里不仅有成群的野骆驼、大量野猪，还有一个牧民的原始群落在这里生息着。

这个风景如画，与世隔绝的沙漠绿洲在维吾尔语里叫"达里雅布依"，汉语音译是"在河边上"。近百年来，历史并未因斯文·赫定的记述而在这里喧嚣起来。克里雅人始终离群索居，被人们称作沙漠里的"原始部落"。

1959年，人民政府派人找到这群与世隔绝的维吾尔人，并为他们建立了达里雅布依村。不幸的是，文化大革命中他们再次从人们的视野中消失。

1989年，政府再次派人进入达里雅布依，并改村设乡，建

立学校，培训医护人员和兽医，解决用电、用水，开办邮政所和信用社等。达里雅布依人原始的生活方式开始被现代文明渗透。

关于克里雅人的起源有许多说法。第一种说法是克里雅人原本是西藏阿里地区古格王朝的后裔。当年他的祖先为逃避战乱，翻越昆仑山来到这片沙漠绿洲上，建起了他们的新家园。当年他们的祖先来到这里时，这里应该是水草丰茂、禽兽结群的绿洲。因为沙漠正以极快的速度吞噬着绿地，才变成现在的样子。

第二种说法是克里雅人原本是这里的土著居民，因为早在新石器时代这里就有人类活动了。

第三种说法具有传奇色彩，说克里雅人是2000多年前神秘消失的古楼兰人的一支。

克里雅人名称当然应该是来自于克里雅河，水对游牧民族和沙漠民族尤为重要，逐水草而居是游牧民族生存的重要生活习俗。

克里雅人的家简陋却整洁。墙是用胡杨树枝围成，上面抹着薄薄的泥巴，屋顶覆着一层苇草，四处都透着光亮。

克里雅人以游牧为主，如今也开始种植粮食和经济作物。乡政府实际只是相对集中了几十户克里雅人家。乡政府所辖属的土地面积不是中国乡镇之最，但它南北距离竟达500多千米。村民说，如果从南到北发一个结婚请帖，至少半个多月以后才能赶上一场婚礼。克里雅人全靠骆驼和毛驴来运输他们所需的生活用品。骆驼到县城，至少要走10天。

乡上有一所伊斯兰风格建筑物，高大漂亮，和周围简陋的泥巴屋子形成显明对比。这间屋子是乡长的家。乡长是乡里最见多识广的人。

克里雅人的饮水很成问题。洪水期，克里雅河流下来的泥水带着甜味，枯水期，人畜用水都是咸苦的涝坝水。由于克里雅河上游用水量的加大，克里雅河水的行程已越来越短，短到很多人不得不到河的更上游去取水。卡斯木家的井是全乡少有的几口"甜水井"之一。所谓的"井"不过是一个沙坑，里面水很少，得顺着木梯爬下爬上往上提水，如果偷点懒用吊桶打水，那打上来的水有半桶是沙子。

克里雅人实在不愿搬出克里雅河边的达里雅布依村，政府曾多次希望他们迁到自然条件较好的地方去定居，但克里雅人和他们的羊群都不赞成。克里雅人说，这里的牲畜夏秋以胡杨嫩枝为食，冬春啃干芦苇，不习惯吃杂草。如果把它们带到外面水草丰盛的地方，反而难以存活。

于是，政府和部队赠送给他们大卡车，他们开了卡车到于田县城去赶集，卖掉柴火和羊皮，换回珍贵的茶和盐。

克里雅人说，他们属于"达里雅布依"，是大自然的子孙。蓝天下，他们喜欢自由自在与世无争的生活，他们保守但不拒绝

摄影/竹山

现代。尽管这样，克里雅人还是正在告别"河岸边"封闭落后的生产和生活，逐步走向开放和文明。因为乡上的学校已经有了县上派来的教师，教他们的孩子学汉语，教孩子们的家长学农业技术。

彭加木家属来信

11月3日，已经是中英联合探险队行走了第四十二天的日子。

甄希林和赵子允收到了一封彭加木家属发来的传真信件。

事情的经过是这样的。探险家甄希林和地质工程师赵子允想寻找彭加木遗体的消息在上海《新民晚报》刊登后，当年曾经参加过寻找彭加木的上海人朱相清，来信向他们详细叙述了当年参加寻找彭加木的全过程，并提供了几条线索。

甄希林和赵子允阅读了朱相清的信后大为感动。

于是，甄希林和赵子允等人在1993年6月14日的一次探险活动中来到了彭加木的墓前。在彭加木的墓前，甄希林找到了一个小铁盒，他们将铁盒打开，里面的塑料袋包装着彭加木夫人夏淑芳，子女彭海、彭荔的合影照片，还有彭加木夫人留下的一封信以及一对打碎的夜光杯和一首"琵琶诗"：

葡萄美酒夜光杯，欲饮琵琶马上催。

醉卧沙场君莫笑，古来征战几人回。

淑芳同志的信是这样写的：

今后过往的探险人员、旅行家如发现彭加木的遗体、遗物，请拜托告诉家属。

打碎了夜光杯表示亲人们的心已经碎了，失去亲人的悲伤心情"琵琶诗"就是证明。

彭加木是因为缺水而死的。为了表示对烈士的敬重，赵子允将半壶水倒在了彭加木的墓碑上以示敬重。

那次探险活动结束后,甄希林、赵子允曾给《新民晚报》总编辑写了一封信,希望总编辑转告彭加木的爱人夏淑芳他们这次的经历。

甄希林他们在信中说:

彭加木穿越罗布泊的事迹已经写入了《若羌县志》,彭加木也是若羌人民的骄傲,若羌县人民永远怀念他……我们愿意拿出自己微薄的收入,联合有志之士,自发去寻找彭加木的遗体,请夏淑芳女士给予支持……

彭加木的夫人及子女收到《新民晚报》转给他们的信后很激动,又特意发了一封传真,要参加这次探险活动的上海《新民晚报》记者强榮转给甄希林、赵子允。

信的内容是这样写的:

赵子允、甄希林等同志:

你们多年来奔走在荒漠戈壁,具有丰富的野外工作经验,深

摄影/甄希林

知其中的甘苦和艰难，并一直怀念着彭加木。你们曾经走到彭加木的墓碑前，把寻找彭加木当做一个心愿，并且充满了一定要找到的信心，我与子女都十分的感动和感谢。祝愿你们能够找到彭加木，实现心愿。如果找到了加木请告诉我们。

加木作为一颗铺路石子，最后将自己的身躯留在了边疆的土地上，加木如果知道诸位竭尽心力使祖国的考察与探险事业蓬勃的发展，必将含笑九泉。

你们正在艰辛的探险活动中，祝愿你们顺利地完成这次探险任务。遥祝中英联合探险队胜利！

夏淑芳　彭海　彭荔

1993 年 11 月 10 日于上海

罗布庄作证，大漠在我们的脚下

　　在这次整个穿越活动中，第五阶段也就是最后 13 天，是中英双方队员情绪最不稳定的时期。

　　这是由于前四阶段的成功，让双方队员心里有些浮躁，胜利到达目的地的日子为期不远了。这时英方队长查尔斯提议路线向北偏，向更高更艰苦的沙山挑战。部分队员赞同了他的做法。

　　于是他们便开始翻越一个比一个高大的沙山，一天下来都人疲驼乏。这个时期无论是人还是骆驼体力的消耗，体能的透支都已经接近极限。有峰骆驼已经坚持不住倒下了。再加上几天来翻越巨大的沙山，一直没有挖出水来，探险队员只能绕道而行。他们把路线走成了大"S"形，接连几天，他们几乎没有走多少的直线路程。这种情况使双方队员心理状态起伏不定。

　　11 月 9 日下午，按照英方队长查尔斯提供的地图所示，他们本应已走出沙山，进入平缓地带，可是他们眼前的沙山仍然一个比一个高大。

　　赵子允一再提醒过英方，他们的地图可能有误，因为中方的地图上显示前方是沙山，英方队长查尔斯却固执地认为他们的地图是卫星拍摄的，一定是精确的。加上在麦盖提出发前双方曾约定，英方负责带路，所以中方还是尊重了他们的意见。但是经验丰富的赵子允说，由于以前卫星航拍技术尚没有"红外线"，只是凭借自然光反射，如果有一片云挡住了太阳，那么这片阴影就可能显示为平地。事实上赵子允的话是对的。

驼队走在较大的蜂窝状沙丘上，寸步难行，一峰骆驼险些翻了跤。针对这种情况，中英双方决定将驼队停下来，召开了重新设定方向的紧急会议。

然而当天晚上，一峰驮水的骆驼死了，大家心里十分难过。如果没有骆驼，可以想象以后的处境又会是一种什么样的局面？大家的情绪低落到了极点。

为了提高探险速度，英方坚持扔掉一些食物，中方队员很是反对。大家意见很不统一。郭锦卫作为中方队长，从大局出发同意了英方的做法。

扔掉食品的事，在大家心中笼罩着一层阴影。11月12日下午，中英双方队员终于爆发了一场争议。

由于近几日一直在沙山中绕行，一次次地改变着方向，把时间都耽误了，大家心里着急。为了赶时间，英方坚持翻越陡峭的沙山，可是骆驼不走了。罗伯特拼命地用树枝抽打骆驼，骆驼是一步一滑，由于负重显得摇摇晃晃的，几次险些翻了下去。情况十分危险，如果骆驼翻下去，结果会造成驼死水箱破裂。

维吾尔族老驼工苏来曼是个养驼人，一辈子与骆驼打交道，与骆驼的感情很深。他看到罗伯特这样野蛮地对待骆驼很生气，他上前拦住了罗伯特。

于是，探险队又开始绕行，试图沿缓坡绕过沙山。

大约半小时后，他们终于绕过了沙山。走在前面的查尔斯不知道后面发生了什么事情，他开始指责中方队员。郭锦卫也火气十足地对驼工说："是我买的骆驼，我给你们发工资，你们为什么不听我的？你们以后必须听我的指挥。"

中英双方都失去理智，不久，大家很快就明白了，大家的目标是一致的，争吵没有多少实际意义。郭锦卫和查尔斯的高声争吵于是又变成心平气和地交谈，相互致歉。大家的情绪好像孩子的脾气变得快也好得快。

摄影/甄希林

新疆探险记

　　1993 年 11 月 21 日上午 11 时许，郭锦卫举着英国"米"字旗，查尔斯举着中国五星红旗，走向胜利终点罗布庄。在他们穿过一大片平坦的红柳戈壁后，终于听到了远处的呼喊声，接着是许多人向他们奔跑过来。开始探险队还排着比较整齐的队伍向前行进，但此时他们已控制不住激动的心情，飞奔而去，与欢迎的人群拥抱在一起。

　　中英联合探险队胜利到达罗布庄，历时 58 天。在这 58 天里，甄希林带领外围支援队先后从和田河、克里雅河、尼雅河、车尔臣河进入沙漠腹地，往返数次穿梭于后方基地和前方营地之间，为中英联合探险队铺平了道路。这次成功地穿越塔克拉玛干沙漠，为今后穿越塔克拉玛干沙漠探险旅游开辟了黄金线路。

第三章

夏特古道的传说

那是一个等待破译的秘码，大自然用神奇悬赏破译者。

1987年为了发展特种旅游业，新疆军区后勤部决定成立新疆军区大自然旅行社，人员从新疆体委抽调，由甄希林、王卫平、汪崇烨、郭锦卫等人组成。总经理由新疆军区后勤部参谋长徐同棋兼任，甄希林是主管特种旅游的副总经理。到了大自然旅行社给甄希林留下不能磨灭的记忆就是他带领中日联合探险队穿越夏特古道的木扎尔特冰川了。他几乎以生命为代价。那次穿越木扎尔特冰川开辟了夏特古道探险旅游的先河。

夏特，清代称沙图阿满台，位于昭苏西南部的汗腾格里山下，是伊犁至阿克苏的交通驿站。夏特古道北起伊犁昭苏县的夏特牧场，南至阿克苏地区温宿县的破城子。它沟通天山南北，全长120千米，是伊犁通南疆的捷径，也是丝绸之路上最为险峻的一条著名古隘道。人们从南疆的温宿县到北疆的昭苏县要走近2000千米漫长的交通线。

发源于雪莲峰下的巴什克里米斯冰川和来自5000米以上雪山的冰川，在达坂附近汇聚成了一条30多千米长、2千米宽的木扎尔特冰川。由于数万年的冰川运动，冰谷两侧的山峰脱落，在冰川上覆盖了一层石块。登高望去，冰川像是一条褐色的巨龙，从皑皑的雪山上倾泻而下。

20世纪80年代末，人们认识到夏特古道在历史、人文、旅游、生态、登山探险等方面的特殊价值，而引起了国际上的关注。人们对夏特古道的探险考察活动也由此拉开了序幕。

1989年6月，新疆大自然旅行社接待了一支16人的日本探险旅游团，共同组成了"中日联合探险队"，甄希林任队长，采用南北接应的方式穿越古道。

穿越夏特古道途中要经过支离破碎的木扎尔特的冰川、冰缝、冰河，以及汹涌的南木扎尔特河，这都会给探险者构成极大的威胁。距夏特谷三十余千米处，便是伊犁地区小有名气的夏特温泉。这里环境幽静，温泉水温在 42℃～64℃，含有多种矿物质，令人称奇的是不同的池子水温不同。但这个温泉是季节性的，只有在 5～10 月份有水。

木扎尔特达坂海拔 3582 米，是南天山南北水系的分水岭，北面为昭苏县夏特河源头的冰川，南部为阿克苏地区拜城县木扎

摄影/甄希林

尔特河源头。达坂以南 5 千米处便是哈达木孜达坂，海拔为 3509 米。达坂东西两侧为海拔 5000～5400 米的山峰。古道沿夏特河翻越天山主脉上的木扎尔特达坂和哈达木孜达坂，横跨十几千米长，数百米厚的木扎尔特冰川，逆夏特河上行，就进入了夏特谷地。夏特谷地是典型的天山北坡第四季冰川谷地之一，当时冰川分布最远可至海拔 2000 米左右的山口附近，在谷地中随处可见古冰川的痕迹。每到夏季步入夏特谷地时，踏着绿草如茵的草地，望着争奇斗艳的野花，这一切无不给人以生机勃勃之感。举目南眺，近在咫尺的冰峰雪岭，时而云雾弥漫，若隐若现；时而天高云淡，冰山毕露，使人无不为大自然的神奇而赞叹。由于地处僻壤，夏特谷地仍保留着自然原始的状态。这里是野生动物的乐园，不时可见松鼠、旱獭、雪兔、野鸡等动物，有时还可以看见雪豹、北山羊、盘羊等珍稀野生动物的出没。

　　然而这次夏特古道之行，其举步之艰难，险象环生，更远远

摄影/甄希林

超出由日本"特别行动队"八人和中方联络官、翻译等七人所组成的联合探险队原先的预测和想象。数十年的废弃，使"古道"踪影全无。山中雨雪交加，队员们一步一探，小心而行。开始人们还可骑在马上，没走多远，便因山陡坡滑，冰雪覆地，只好牵马而行，时常还必须将行李装备背在身上，三十匹骏马已无用武之地。到了木扎尔特达坂，由日方"探险队"八人和中方七人组成的联合登山探险队逆向迎上来接应。一路凿冰梯，拉绳索，攀山岩、缒峭壁，可怜那些驮着辎重的马匹，只好绕道而行。其中一匹满驮装备和资料的骏马，只因慌不择路，错走一步，便从队员眼皮底下失足滑进了一个深不可测的冰洞，只几秒钟便不见了踪影。

短短三百余千米路程，他们竟走了十四天！其艰难险恶可见一斑。

"我们是第一批闯过夏特古道的外国旅游者，为自己的成功而非常高兴！"在库车举杯相庆时，"特别行动队"成员自豪地说。

这条古道最大的危险就是冰川的暗裂缝，这些暗裂缝的上面覆盖着一层薄冰，让人很难判断。为了保障中外队员的安全，作为队长的甄希林总是走在最前面探路。一条条冰川的暗裂缝在甄希林的带领下躲过。然而意外还是发生了。走在甄希林后面的马匹由于驮的东西太重，一下子陷进了五十多米深的暗裂缝里，甄希林的脚下一滑摔到在地，身体滑向冰缝，一条腿已经悬在了冰缝上。他急中生智用手里探路用的耙子扒住了地面，趴在那里久久不敢动弹，心都快跳出来了。

这一险遭不幸的情景，分毫不差地摄入了森下先生的镜头。

这是他们横贯天山路的时间表：

6月27日，从昭苏县出发。7月22日翻过3582米的木扎尔特达坂。7月5日，渡过湍急的木扎尔特河。7月9日，到达破

城子。7月10日，到达阿克苏地区库车县。

就这样，一条自伊犁昭苏县的夏特牧场至阿克苏地区温宿县的破城子，夏特古道的探险线路在甄希林和探险队员们的脚下开通了……

摄影/李璐

新疆探险记

摄影/竹山

第四章

梦 幻 记 旅

一种文化的高度和一座山的高度同样让我着迷，无论是精神上的疯狂，还是行为上的迷途，我都以嚎叫的方式表达我的情感。因为，走着就是进步。

以嚎叫的方式行走

　　一种文化的高度和一座山的高度同样让我着迷。西域文化的博大精深和西域高原、冰川、沙漠的神秘莫测，撕扯着我的内心和灵魂，我曾经一次次地为之震撼，为之疯狂。尽管这是我十几年前从有关书籍和史料中窥视到一种支离破碎的感觉，抑或幻觉。于是，我就产生了走近它、拥抱它，在它的怀抱里狂呼，或者毫无韵律和节奏地高歌的欲望。我相信吸吮它的精髓和内涵，一定会有一种魂不附体的感觉产生。

　　若干年后，我终于有了这种切肤的感觉，这是一种人性的放纵，还是对这片土地的痴爱？至少在若干年内是难以分清的。

　　产生这种幻觉的时候，我正在齐鲁大地的一个乡村中学读书。为了这种感觉，我来了。

　　我像一匹狼一样地不请自来了，事实上，我闯入了属于狼的疆域，在西域这片原始的、野性的土地上，我像一匹狼一样地一路奔跑，一路嚎叫，释放着，猎食着。如今我真真切切地感觉到，我就是属于这片土地的，或者说这片土地上的山山水水，草草木木，以及那山水草木、动物、人类在这片土地上派生出来的文化和学说，也都是属于我的。

　　我有着一匹狼的"贪婪"和"贪心"。

　　人类曾以跑马圈地的形式占领自己的领地，狼则以嚎叫的方式划定自己的疆域。

　　我仿佛对这里的一切都是熟悉的，似乎冥冥之中在哪里见

过，所以十几年来我就在这片土地上坦坦荡荡走着，用嚎叫表达我的情感。十几年来我一直在路上，我想走遍这片土地的每一个角落，所以就一直没有停下来。

走啊！走……

我的这种行为无论是精神上的疯狂，还是行为上的迷途，我都不想再停下来，也不能用对与错来界定它。因为，走着就是进步。

路上的风景很美，风景里的我更美，因为我融入了风景，成了风景里不可分割的组成部分。

我曾经有着无数次这种在"风景"里行走的经历，比如那次环塔克拉玛干沙漠之旅在我的文化修养和理性的进化中有着一种分娩般的阵痛和震撼。这种感觉是前所未有的，也是可以品味一

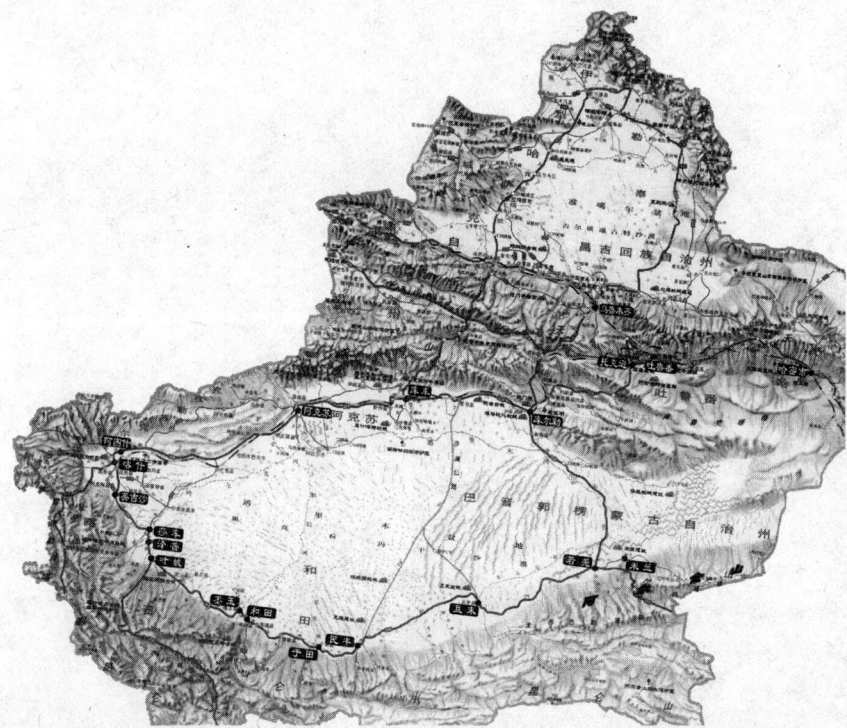

新疆探险记

生享用一生的。

　　这是一次环塔克拉玛干沙漠之旅，行程 21 天，线路是哈密
—吐鲁番—托克逊—库尔勒—库车—阿克苏—阿图什—喀什—
英吉沙—莎车—泽普—叶城—墨玉—和田—于田—民丰—且末
—若羌—米兰—阿尔金山，然后，返回到库尔勒，再回到乌鲁
木齐。

阳光背面的魔鬼城

那个风和日丽的下午。我在青年摄影家余江兵的陪同下，不知不觉间便进入了距哈密市区约 90 千米的魔鬼城的，似乎还没有做好心理准备，而"魔鬼"狰狞的面孔便赤裸裸地、坦然自若地铺展在了我面前。

魔鬼城属雅丹地貌，雅丹地貌并非都是魔鬼城，魔鬼城是雅丹地貌的经典之作。哈密魔鬼城东西长 120 多千米，南北宽约 30 千米，面积达 3985 平方千米，比奇台魔鬼城大 30 多倍，比克拉玛依乌尔禾魔鬼城大 100 多倍，是新疆三大魔鬼城之最。

据说，玄奘取经，孤身穿越八百里沙河大难不死，指的就是这一带："上无飞鸟，下无走兽，复无水草"，玄奘仍义无反顾，踽踽独行。

沿库勒石河床北侧的广阔地域内，散布着数十个魔鬼城群，较为集中的是已被冠以地质公园。魔鬼城中，以艾斯开霞尔古驿站为中心的 9 大魔鬼城，有六七十处景点。魔鬼城分为：风蚀蘑菇林和风蚀柱，奇形怪状的动物雕像群，巨蟾、海龟、鳄鱼……吴哥窟、布达拉宫等类似的动物、城堡、厅台、楼阁，还有"金龟朝圣""美洲驼羊""擎天一柱"等巍然矗立，千姿百态，栩栩如生。每一处都有一个传奇的故事，每一处都留下一个千古之谜。

走进哈密雅丹地貌生态园，就仿佛走进了一座迷宫。在一望无际黛青色的戈壁瀚海中，一座座宫殿或独处或连成一片，在蓝

摄影／晏先

天白云的辉映下雄伟壮观。在这里，经过风吹雨打的洗礼，更是孕育了您可以极尽想象的各类美景。

亿万年前这里是什么？侏罗纪时代的犀牛、大象、恐龙、始祖鸟等生物化石的残肢断臂，石炭纪时代的珊瑚化石清晰地映射出这片土地的变迁，一切都似乎向你诉说着远古的繁荣和世事的沧桑。

荒凉与死寂只是今天，历史上这里可是人流不断，驼铃声声，商贾游人穿梭于西域与内地之间。它通向丝绸之路上那著名的大海道。

面对魔鬼城里如泣如诉、如嘶如吼的风声，大自然浑然天成的壮观与宁静肃穆，震撼着过往行人的心灵。

行走在"魔鬼"的世界里，也就是游走在了传说和童话世界里，那种奇妙的感觉让人无法形容。

风从城中吹过，发出了令人恐惧的呜咽和鬼哭狼嚎，当地人

摄影/晏先

新疆探险记

传说这里曾是"魔鬼"居住的地方,幽灵时常走出艾斯开霞尔古堡,去荒原上游荡,吃掉偶尔闯入的羊群。传说哈密王还在这里埋了两大坛金子,就因为一般人不敢到这里来,把金子埋在这里更安全。

魔鬼城分为东南西北四城。进入魔鬼城的北城,最先看到的是"瀚海神龟"。一只大海龟高昂着头永远遥望着东方,远处看它的眼神都似乎充满了期待。传说东海龙王有 9 个龙子,第九个叫龟子,它生性顽劣,性情暴躁,经常兴风作浪,大海里的许多渔民的性命为它所害。后来如来佛就把它牢牢定在了这里,日夜思家的海龟便终日昂头眺望东方。

前行,在一处山头,两个"双头马"傲然立在那里,高昂的马头似乎嘶叫着,欲翻蹄亮掌冲向战场。在"双头马"的旁边,是一个戴头盔、披铠甲的将军。他居高临下俯视着脚下的一切。传说这个"将军"是保护魔鬼城的。

摄影/晏先

艾斯开霞尔建筑风格宛如欧洲的古城堡，独特而神秘，艾斯开霞尔维吾尔语是"废弃的古城"的意思。它位于一处高24.5米的陡峭崖壁上，远远看去与雅丹完全融为一体。据说它已有3000年的历史。它究竟是什么人所建？有何用途？至今仍是一个难解的谜。城堡里堆积着一米多厚的草堆，有被火烧过的痕迹，城下则散落着大量的陶片、石器。从城堡里有门有窗的房屋等迹象来看，这里曾是人类的活动之地，是丝绸之路的驿站或是哈密王朝的西南前哨。据当地人推测，此地西南的沙尔湖干涸之前，这里也有村庄，当地壳变化沙尔湖消失后，林木飞鸟在风沙中部分变为化石，而原先居住在此的人也只好背井离乡了。

东城景区有古城堡、神女峰、千佛山、方塔山，其中神女峰从远处望，就好像一个长裙飘逸的少女，其神似不亚于三峡的神似女峰。传说中当地有一个美丽的女子，其未婚夫告别她随驼队西去，待回来后便与她完婚。谁知未婚夫路遇风暴，丧身沙海。痴情的姑娘便终日守在山上远望西方，盼望未婚夫的归来，最终化为一座石雕。

南城景区有"金谷满仓"、"狮身人面像"、"金陵石虎"、"鳖盖梁"和原始胡杨林。埃及的狮身人面像是工匠们的卓越的造型艺术，魔鬼城的狮身人面像与其形似，但它却完全是自然所形成的，令人叹为观止。

西城景区有天门洞、比翼双飞（两只栩栩如生的凤凰）、双塔峰、金字塔、蘑菇群、风神、布达拉宫、生殖图腾柱、"天下粮仓"和

摄影/晏先

"飞碟"等。

天门洞长 25 米，高 17.6 米，宽 4.5 米。传说唐僧西天取经时在此地被蜘蛛精所抓获，将其关进了天门洞，逼唐僧与自己完婚，后来唐僧从突然坍塌的洞后面逃出升天。

长 137 米，高 87 米，宽 56 米的"布达拉宫"，其雄伟壮阔酷似西藏真正的布达拉宫。

雕塑是一门静止的造型艺术，我景仰所有的雕塑师留给我们的作品，那是智慧的结晶。但魔鬼城所有的造型作品全部出自一个雕塑师——风之手。它用魔幻般的力量化腐朽为神奇，实在令人惊叹。我的笔墨无法形容其壮观魅力，但您的眼睛会比我的笔更能感受这种摄人心魄的美。

惊叹，这无法解读的秘密。

观赏，这无法破译的诡谲。

随地捡起一块风棱石抑或一块玛瑙石，你便收藏了一个地老

摄影/晏先

天荒时的传奇。

　　子夜魔鬼城，一改白日里的平静与安详。雅丹会幻化成成千上万个魔鬼的影子，在狂风大作、飞沙走石之际，鬼哭狼嚎，其声音令人毛骨悚然，整个魔鬼城似乎成了魔鬼狂舞的世界。

　　闲来品茗静思，任何事物都有它的两面性。比如人类，善良的天性也有魔的一面，只是隐藏得较深……

关于行走的记忆

2005年7月26日，我们从哈密出发。

同行老周说是一次艰难之旅，我却一直认为这是在享受一次山水、民情和古老文化的沐浴。无论是行走在五十多摄氏度高温的火焰山下，千里无人的丝绸古道上，还是在严重缺氧的阿尔金山上，时时处处我都产生着一种想喊的欲望。事实上，我对于西域山水的钟爱一直就是用嚎叫的方式来表达或者发泄的。

在我的旅途上任何的"极限"都是一种幸福和快乐。

早晨7时，天还是全黑的，我们就开始起床准备上路，原本不想再打扰朋友，头天晚上我们一再说，不必送行，但是当我们走出房间的门时，兵团农十三师宣传部干事赵军就早早地等在宾馆门口了。他说任部长让他来送我们，他大包小包地给我们摆了一大堆，有矿泉水，有哈密瓜，还有早餐。他说，你们的路才开始，这些东西是任部长昨天都安排好的。

我们在哈密热情坦诚的晨光里上路了，脚下的路虽然是丝绸古道的遗址，现在已经全部是平坦的柏油路了。因为哈密是新疆的东大门，这条路是新疆联结内地的公路大动脉，路上车水马龙，好不热闹。

因为第一天大家心情很好，情绪也比较高涨，按计划我们晚上要赶到库尔勒。一千多千米的行程，单车行驶，怕路上有一些麻烦，所以早早上路。另外一个原因就是如果走得太晚，车到吐鲁番的火焰山正赶上中午高温，那可是无可奈何了。

　　老天偏偏给我们增加磨难，也许就像《西游记》里唐僧师徒4人去西天取经要经过千难万险一样，我们的麻烦就在离开哈密十几千米的地方出现了。

　　前方出现了堵车，这个季节正是葡萄、哈密瓜成熟的季节，车流运载着鲜美的葡萄和甘甜的哈密瓜驶向内地。公路上汽车排起了长龙，一眼看不到头，前方发生了什么后面的车无法知道，许多司机相互询问均摇头不知。一个骑马的维吾尔族老乡告诉我们，几千米外，一辆加长的货车与一辆小车相撞，大货车横躺在公路上堵死了过往的所有车辆，所有的人都在焦急地等着。

　　我们一行本打算早点赶路好过火焰山，真是计划不如变化。此时，不管你多么着急，心情如何，此时只有一个字："等！"俗话说："没有过不去的'火焰山'。"

　　一个小时后，路还是没有开通的动向。一辆当地的出租车拥到了我们的车前，司机焦急地看一会儿前方，然后，他把车头调

摄影/竹山

新疆探险记

了过来，看了一眼我们的车，刹住了车，从车窗内伸出了头："跟我走吧！我知道一条道可以绕行！"也许他是看了我们车身上新闻采访车的字样。他说完一踩油门走了。

我们的车尾随着那辆哈密的出租车拐下了公路，驶进了一条田间土路，行驶了六七千米，车便从公路的桥底下穿了过去。穿过公路桥，我们眼前豁然开朗，我们看到再走几千米就可以绕过堵塞的路段了。回头望望被堵的车龙，我们心里很感激热情的哈密司机，同时也庆幸我们的车如果再大一点也就过不来。车过桥洞时，我们乘坐的车就像拉一个抽屉一样拉了过去，我紧紧地捏了一把汗，生怕把车卡在桥洞里。这个桥洞设计不是过车的，而是流水，只是在旱季无水，河床也是干枯的，我们才能如此幸运。

火的感觉

太阳高高地挂在天上，天上像是在下火，一丝风也没有，空气里的水分都被太阳榨干了。此时，才是上午 10 时许，我们行驶的方向是火焰山，也就是说我们的车正加足马力向"火堆"的地方驶去。我自嘲"这是飞蛾扑火的精神"，我们义无反顾地扑了过去。

土黄色的旷野，是着火的感觉。路边网格状的土坯垒起来的空心建筑是维吾尔人用来晾葡萄干用的晾房，除了顶以外四面通风。因为这一带四季无雨，晾房全是用土坯建成的，在这里成了单调的路途中的一道风景。

不久，一块块绿洲连在了一起，方方正正，那绿色青翠欲滴。此时此地感受到的绿色与在江南感受那一望无际的绿，完全是两个概念。这是农民在戈壁上开垦出来的葡萄园，翠绿与浑黄零距离，带给你一种幻化般的感受，像魔法一样，展示着它的神奇和美妙。这种场景用语言、文字和任何形式的画面都表现不出来的，惟有现场的感受是那样的真实、具体，生动、形象。

这是在炎热的环境中我内心世界所诞生的那片绿阴。

中午 2 时许，我们的车抵达火焰山下。

相传《西游记》中唐僧取经受阻于火焰山，孙悟空三借芭蕉扇的故事就发生在这里。唐僧师徒四人西天取经的故事脍炙人口，名闻天下，第五十九回和六十回写"唐三藏路阻火焰山，孙行者三调芭蕉扇"的故事，使火焰山披上了一层神秘的色彩，成

新疆探险记

了一座奇山。原来火焰山是孙悟空大闹天宫时，蹬倒了太上老君的炼丹八卦炉，余火落到了地上化生出来的。火焰山有"八百里火焰，周围寸草不生"之说，现在柏孜克里克千佛洞前建造的"吐鲁番丝路艺术馆"再现了《西游记》中的有关故事情节。

火焰山位于吐鲁番盆地中部，古书称之为"赤石山"，当地人称"克孜勒塔格"，意即"红山"。东西长约100千米，南北宽7～10千米，平均高度500米左右，最高峰位于胜金口附近，海拔也只有851米。它主要由中生代的侏罗纪、白垩纪和第三纪的赤红色沙砾岩和泥岩组成。山体雄浑曲折，主要受古代水流的冲刷，山坡上布满道道冲沟。山上寸草不生，基岩裸露，且常受风化沙层覆盖。盛夏，在灼热阳光照射下，红色山岩热浪滚滚，绛红色烟云蒸腾缭绕，恰似团团烈焰在燃烧。

唐朝边塞大诗人岑参有诗云："火山突兀赤亭口，火山五月火云厚。火云满山凝未开，飞鸟千里不敢来。"又诗云："火山六月应更热，赤亭道口行人绝。"明代大诗人陈诚有诗曰："一片青烟一片红，炎炎气焰欲烧空。春光未半浑如夏，谁道西方有

摄影/晏先

祝融。"

火焰山荒山秃岭，寸草不生。每当盛夏，红日当头，地气蒸腾，焰云缭绕，赭红色的山体形如飞腾的火龙，十分壮观。

与火焰山荒山秃岭形成强烈对比的是那一条条穿过山体的沟谷。沟底大多清泉淙淙、绿树成荫，形成条条狭长绿洲。其中最著名的河谷当数葡萄沟。

对于此山的形成有个生动的传说。古时候，天山有一条恶龙经常吃童男童女。一位叫哈拉和卓的青年决心降伏恶龙。他手执宝剑，与恶龙激战3天3夜，终于腰斩了恶龙，并把恶龙斩成10截。死龙不再颤动，变成一座红山，被斩开处变成了山中的峡谷。

起伏的山岭全是土红色的，像燃烧正旺的火。此时，地表温度55℃。尽管如此炎热我们还是很兴奋的，因为我们正在体验着过火焰山的"感觉"。

意想不到的事情发生了——我们的车空调坏了。车是美国产的，封闭很严。此时车内真像蒸笼了，不，应该是烤箱，我和《兵团日报》的记者勒军标也就只好赤膊上阵了。

这种热也许是我们每个人此生最难忘的，尽管如此我们还是很乐观的。

"嘿！铁扇公主哪里跑！拿铁扇来！"

大家在笑声中感受着过火焰山的感觉。

一路炎热，一路笑声。

新疆探险记

水的精神

十几个小时后，我们终于看到水了。夕阳西下，我们到达了开都河畔，此时的心情是别样的。一路坎坷，一路艰辛，被开都河畔的夕阳沐浴着，我们停了车，疯跑着冲到河边。

开都河发源于中国最大的高山牧场——巴音布鲁克大草原，流域全长530千米，面积22314平方千米，年径流量达399亿立方米。它上连中国惟一的天鹅自然保护区——巴音布鲁克天鹅湖，尾闾是中国最大的内陆淡水湖——博斯腾湖。作为塔里木河的源流，国家恢复塔河绿色走廊的生机，实施北水南调工程的关键河流，一直承担着向塔河下游生态应急输水的重要任务。因此开都河不仅是南疆绿洲的生态源，还是重要的生命源。

对于流向沙漠的河流，一直以来我有着复杂的感情，面对着的是死亡却义无反顾，以自己的妩媚之躯拥抱着沙漠，它的生命是死亡也是新生。

到达巴音郭楞蒙古自治州的首府库尔勒市已经是晚上10时了。大家虽然很疲劳，但是都很兴奋，兵团农二师宣传部长何国庆等人一直在博斯腾宾馆等待我们的到来。

巴音郭楞蒙古自治州位于新疆东南部。它东邻甘肃省、青海省，南倚昆仑山与西藏自治区相接，西连和田、阿克苏地区，北以天山库鲁克塔格山、白玉山为界，与伊犁、塔城、昌吉、乌鲁木齐、吐鲁番、哈密等地州市相连。纵横最大长度约800千米。其行政区划面积48.27万平方千米，占新疆总面积的四分之一，相当于江苏、浙江、江西和福建四省面积之和，是中国 30 个少数民族自治州中行政面积最大的州，堪称"华夏第一州"。

巴音郭楞，蒙古语意为"美丽富饶的流域"。这里分属天山山地，塔里木盆地东部和昆仑山、阿尔金山山地三个地貌区，有高山、盆地、河流湖泊、戈壁、沙漠和平原绿洲，属中温带和暖温带大陆性气候。其地形较复杂，气候类型较多。高山与平原的气候截然不同，大漠与湖泊的气候构成鲜明的对比。

巴音郭楞蒙古自治州汉初为西域 36 国之若羌、楼兰、且末、小宛、戎卢、尉犁、危须、焉耆、渠犁、乌垒、山国等国所在地。西汉神爵二年（公元前 60 年）始设西域都护府于乌垒城。唐时设焉耆都督府。五代至宋属西州回鹘。明隶属准噶尔。光绪十年（1884 年）新疆建省后，设喀喇沙尔直隶厅，后改升焉耆府。民国期间设焉耆道，焉耆行政区。建国后成立了焉耆专员公

125

摄影/晏先

新疆探险记

署，1954年6月26日成立了巴音郭楞蒙古自治州。

丝绸之路中南两道贯穿境内，这里曾飘扬过张骞出使西域的旗帜，留下过班超立马横刀的雄姿和玄奘西天取经的脚印。境内现有自治区及文物保护单位16处，有档案记录的文物保护点达240余处。

中国最大的沙漠——塔克拉玛干沙漠，总面积33.76万平方千米，巴音郭楞蒙古自治州境内就有13万平方千米。巴音郭楞蒙古自治州拥有中国最大的内陆淡水湖——博斯腾湖，被誉为"沙漠里的水上乐园"，中国最长的内陆河——塔里木河，两岸的"英雄树"胡杨林与沙海相依为伴，形成一道天然的"绿色走廊"，中国最大的天鹅自然保护区——巴音布鲁克天鹅湖自然保护区，位于中国最大的优质高山牧场巴音布鲁克草原。巴音郭楞蒙古自治州还拥有世界内陆最大的野生动物保护区——阿尔金山自然保护区，被誉为"天然动物园"、"有蹄类动物世界"和"鸟类的天堂"。

7月28日，我们在早晨10时离开库尔勒沿沙漠边沿向阿克苏方向行驶。此时，天上竟然下起了雨，而且是雨越下越大。与昨天的炎热相比，今天的感觉有点像江南的味道。

在大漠的边沿感受雨季，有一种说不出来的美妙。南疆是很少下雨的，即使下雨也是很小的几滴就完事了。可是今天雨却格外地大，先是淅淅沥沥地下，不久就是大雨滂沱了。

12时30分，我们到达了轮台县境内的阳霞镇。这时雨停了。一场大雨过后大地一片清新，空气里的水分明显地多了起来，空气里湿漉漉的。我们尽情地享受着大自然给予我们的这份馈赠。

我们的车子刚要进入阳霞镇，一条不太宽的河流挡住了我们的去路。河床并不宽，仅有二十多米，由于今天的这场雨是多年不遇的一场特大暴雨，导致山洪暴发，狭窄的河床容纳不下汹涌的洪水，河上架设了几十年的大桥被洪水冲垮了。河的两岸滞留

了许多过往的车辆和行人，大家觉得既新奇又着急，新奇的是在这大漠的边沿也有如此大的洪水，着急的是每个人都有自己的行程和事情要去办。面对这么大的洪水，人们都在盘算着自己的行程和事情如何去处理。翻来覆去地盘算着还是没有好的主意，既然走不了还不如什么都不去想，索性在河两岸自由地来回走动走动，看洪水起起落落，看多年来在干渴中成长起来的胡杨和红柳如何地痛饮着，一些不知名的鸟儿在水面上欢叫着盘旋着。一切是那么的平静和谐，一切都是那么自然而然的发生着，进行着，好像这里的一切并没有因为洪水的到来改变着什么。我的感觉从来没有像当时那样平静过。是啊，自然界的一切发生和发展，尽管千百年才有一次大的改变，但是它仍然是和谐和平静的，这种境界是人类永远也无法达到的。

　　大约两个小时后，洪水开始下降，河床边上稍高一些的地方露出了水面，树上挂着洪水从上游漂来的树枝或杂草。这是洪水

摄影/文昊

留下的记忆。

　　洪水越来越小，有人开始用拖拉机运来了木头和沙石料，准备建一座临时的桥，好让这些被堵的车辆通行。据说这是镇政府安排的。我们终于看到了希望。

　　一小时后，一座简易的木桥已经搭建完毕了，两岸滞留的车辆开始有序地交替通行。因为简易的木桥很窄，一次只能通过一辆车，不能相向同时行驶，尽管车辆过桥的速度很慢，但是所有被滞留的车辆没有抢路的，此刻好像大家最富裕的就是时间了。

　　也许这是人类的本性吧，在面对自然界的挑战时人类显得从容、宽容、谦让和携手与共。

　　我们的车在摇摇晃晃的桥上慢慢通过，大家都下来行走，可是大家的心还是在车上，直到车安全通过了木桥才喘了口气。这一幕被我们同行的电视记者拍了下来。

风的经历

　　我在当时就想,我们的路才刚刚开始就经历了这么多的磨难,接下来的路就应该一帆风顺了吧?我在心中祈祷,祝愿我们一路平安。

　　然而,愿望永远都是美好的,事实上我们接下来的磨难却是接二连三地发生着。

　　17时许,我们的车一路颠簸到达了兵团农1师5团,距离我们下站的休整地——阿克苏仅50千米了。胜利在望,大家的心情也格外地好。

　　真是天有不测风云。本来晴朗的天空突然狂风大作，飞沙走石，一场沙尘暴就这样不约而至了。从车里望去两米之外就什么也看不见了。风越来越大，我们的车速度很慢，却感到摇摆得厉害，最后不得不在有树的地方停下来躲避这场沙尘暴。车停了，另一件让我们担心的事情还是存在着。停下来的车就像一棵无根的草，在狂风中飘摇着。我真担心，万一我们的车被这场沙尘暴掀翻，那可就惨了。尽管如此，我们还是躲过了这一劫。半小时后沙尘暴终于停了，我们像蛰伏在洞里的老鼠，危险过去了就钻出了洞。下了车才发现，我们的车完全变了模样，车身全部被沙尘覆盖，变成了土黄色的了。

天山传奇丛书

胡杨的城市

7月30日，我们结束了阿克苏之旅，开始向一座最年轻的城市——图木舒克进发。此时天上下起了雨，原来很干燥的空气，因为一场小雨的到来变得湿润起来。湿漉漉的空气里夹杂着树木、野草气息，令人心旷神怡。

300多千米的路程要途经70多千米的沙漠，沿途很少有人居住。我们心里多少有些打鼓，后来的经历完全出乎我们的意外，这天的旅程是最顺利和轻松的。

车行了几千米后，小雨已经停了。公路两侧的沙漠一望无际，起起伏伏。也许是雨过天晴的缘故，气候都发生了改变，我的感觉也发生了改变，好像此时沙丘是圆润细腻而赋有诗意的，耸立在沙漠中的胡杨郁郁葱葱，把沙漠神秘莫测、令人恐怖的一面遮盖得严严实实，好像这里本来就

摄影/晏先

新疆探险记

是这么曼妙的原始画卷。

胡杨是沙漠的精神，活着葱郁 3000 年，死了不倒 3000 年，倒了不朽 3000 年。它们的形态各异，有的像刺向苍穹的利剑，有的像翱翔的雄鹰，有的则像蹒跚行走的骆驼，展现在我面前的是一种不屈的精神，令人震撼。

每一棵胡杨树上都发生过或者正在发生着许许多多的故事。它们的干是挺直的，它们的枝都是残缺的，它们的冠是合拢着的。这一切都是残酷的地理环境、气候的见证，是与沙尘暴抗争的具体体现。活着，并不是为了证明什么，在自己的生命里为自己茁壮，并不是别人眼里的风景，尽管生命里更多的是凄楚与刚毅。那曾经被沙尘暴折断的枝干上，正在蓬勃丛生的新绿也正是在自己生命里为自己翠绿。

这样的旅程，我们的身心没有丝毫的疲惫，完全忘记了行程的时间概念，我们曾多次停车，拍照，奔走……

我们的忘乎所以，让等待我们的图木舒克市的党政领导为之捏了一把汗。按预定的行程，我们将在 16 时许到达图木舒克市。可是，到了 18 时，他们还没有关于我们的任何消息。

副市长魏计青只好让秘书长白建成带车出来迎接我们。皆因我们的游兴引起了一场虚惊。

图木舒克市是一座年轻的城市，说它年轻是因为它还没有过 3 周岁的生日。尽管它坐落在塔克拉玛干沙漠的西缘，在地理、交通及资源上没有突出的优势，但它的诞生对巩固边防，发展新型的绿洲团场有着无可替代的作用。

我们在新奇中跟随副市长魏计青游览了市容市貌。说它是城市，确切地讲，它仅仅是个城市的雏形，宽阔的柏油大道旁边是农田，几个新的工业项目正在破土动工，城市最起码的功能，像学校、医院等一些公共设施都在建设之中，惟有市委市政府的办公大楼，凸显出了现代城市的模样。新一届的市委市政府领导班

子很有魄力，一大批的招商引资项目都在紧锣密鼓的进行之中，有几家企业已经投入了运营。

　　一个有勃勃生机的城市，像一个初生的婴儿，清脆的啼哭声打破了塔克拉玛干千年的宁静，丝绸之路上的繁华将在新型的工业化城市的崛起中升华。

新疆探险记

心灵的膜拜

7月30日，我们到达了古城喀什，意为"玉石般的地方"，是丝绸之路的重镇。早在公元前2世纪，张骞到西域时，它即为西域36国之一的疏勒国。喀什位于中国西北边陲，新疆维吾尔自治区的西南部，帕米尔山脚下是丝绸之路南北中三路的交汇处。其东临塔克拉玛干大沙漠，与巴基斯坦、阿富汗、印度、吉尔吉斯斯坦、塔吉克斯坦五国毗邻，是一座具两千多年历史的古城。我曾经多少次描绘过你的样子，你的神秘、你的宗教无不散发着无穷的魅力。今天我来了。

喀什噶尔古老、神秘、遥远与陌生的意蕴，古往今来吸引着大量的中外游人和商贾来来往往穿梭于此，走近它、解读它、膜拜它。

艾提尕尔清真寺是一座规模宏大的伊斯兰宗教建筑，它就坐落于喀什市艾提尕尔广场的西侧，是中国现存的最大的清真寺之一。它坐西朝东，建筑风格古朴典雅，独具匠心，精美的工艺令人叹服，是古代维吾尔建筑艺术的杰作，始建于1442年，占地25.22亩，是一个具有典型民族风格的古建筑，由寺门塔楼、庭院、讲经堂和礼拜殿四大部分组成。

艾提尕尔清真寺天蓝色的寺门宽4.7米，寺门上方的墙顶是一条长8米，离地面10.5米的巨大平台，塔楼通高13米有余，塔楼上立着铁杆高擎的金属绿色月牙，直插苍穹。塔内建有转梯，由此登上塔顶，全城景色尽收眼底。

寺内有一个约 10 亩的大庭院，南北两侧各有一排 18 间的经堂，为伊玛目讲经之所。院内白杨参天，松柏苍劲，郁郁葱葱，使偌大的寺院显得更加清静幽雅。

礼拜殿设在寺院一个用栅栏隔开的高台上，分内、外殿和殿堂入口三部分，均在高出地面一米多的台基之上，南北总长 140 根高教研室 7 米，东西进深 19 米，如此宏大的礼拜殿，不但国内所无，在国际上也极为少见。

寺内平时有二三千人做礼拜，居玛日（星期五）则有六七千人，逢节日时，在内外跪拜的穆斯林信徒可达四五万人之多。平日是各族人民散步、交易、游览的场所。每逢盛大的古尔邦节或者肉孜节寺门顶部的平台上就会响起激越高亢、响彻云霄的手鼓声和唢呐演奏声，此时维吾尔群众云集艾提尕尔广场上跳起了奔放热烈的"萨玛舞"以狂热的舞蹈辞旧迎新。

走在喀什噶尔的大街上，一种朝圣般的虔诚，心中萌生了些许神秘和庄严，老城古老幽深的巷子将我的心理定格。巷子的纵深处，三两扎堆的老人，戏耍的孩子，提着东西行走的女人，他们平静祥和地做着自己想做的事，在他们的眼里这是他们生活的内容之一。生活就像一棵树，或者一棵草循环着同样日子，没有起伏的波折，平静的像一池水，可是在我的眼里他们却成了风景，一处还保留着遥远年代的风情画。

"大巴扎"是集市的意思，闻名遐迩的喀什大巴扎，2000 年前是个传统贸易市场。早在公元前 128 年，张骞出使西域时，来到西域 36 国之一的疏勒国，也就是今日的喀什时，曾这样的描述，疏勒城同中原的城镇一样，有很像样的街道和市场店铺，当时城里城外，车水马龙，驼队马帮，熙来攘往，商贩的吆喝声此起彼伏，热闹非凡。更有趣的是市场上人们的服饰一个个绚丽多姿，所操各种语言，闻所未闻，已经是一个繁华的贸易市场。

喀什大巴扎全称是"中西亚国际贸易市场"。该巴扎是新疆最大的农贸市场，占地 250 亩，内设 21 个专业市场，有 4000 多个固定售货摊位和一条食品街，商品种类齐全，品种繁多，商品种类达 9000 多种，年成交额在一亿两千五百万左右，每逢星期天这里便是车水马龙，人山人海，人数多达 10 万以上，喀什及新疆的各种土特产、手工艺品、日用百货、瓜果蔬菜、生产资料以及大小牲畜等应有尽有，可以说这里是体现新疆维吾尔族民俗风情最集中、最浓郁的地方。此外，喀什地处亚欧大陆的中心，具有"5 口（岸）通 8 国，一路连欧亚"的得天独厚的区位优势。喀什与周边各国国际贸易历史由来已久，交往日益频繁，在大巴扎里巴基斯坦的工艺品，土耳其的丝巾，吉尔吉斯的望远镜，沙特的干果都可以买得到，而且价格绝对实惠。

喀什中西亚国际贸易市场之所以有如此大的规模，主要是由它的地理位置所决定的，按照喀什维吾尔族人的传统，喀什的巴扎自古就有专业之分，如柴草巴扎、地毯巴扎、布匹巴扎、牲畜巴扎、生产资料巴扎、小刀巴扎、以及干果巴扎等，特别是牲畜巴扎一般只在星期天进行，这一天人们从四面八方赶着要出售的牲畜涌到这里，在这里可以体验到古代丝绸之路上那种古老的交

摄影/甄希林

易方式，可以看到以货换货，特别是袖筒里的交易方式。

　　古老的商业文明让喀什蜚声海内外，它在古代商业活动中所起的作用是无可替代的。我作为一个外来者只能怀着好奇的心态去品读它，至于它深层次的商业地位、宗教内涵我是永远也读不懂的。也许只有史学家和经济学家才能悟出它的涵义和价值。

小刀的故乡

到达英吉沙县时，大家想领略一下"刀乡"的风采。英吉沙的小刀是很有名的。英吉沙小刀已有 400 多年的生产历史，它造型独特，有 40 多个花色品种。小刀做工考究，刀体平滑光亮，刀柄镶嵌宝石、金银等原材料组合成俏丽对称的民族图案，加上轻巧华丽的各式刀鞘般配，使这一工艺品更加增色添辉。既实用又美观，是馈赠亲友的佳品。

英吉沙小刀一般长十几二十来厘米。最长的达 50 厘米以上，最短的仅 6 厘米左右。它们造型各异，形似月牙、鱼腹、凤尾、

摄影/晏先

雄鹰、红嘴山鸦、百灵鸟头，无论何种式样，做工都非常精细，外观赏心悦目。且不说它的锋利如何，那是许多刀具所共有的。单说新颖、别致是英吉沙小刀的特色，其表现在刀柄上尤为突出，有木质的、角质的、铜质的、银质的，非常讲究。无论哪一种刀把，英吉沙的工匠们都要在上面镶嵌上色彩鲜明的图案花纹，有的甚至用宝石来点缀，玲珑华贵，令人爱不释手。

英吉沙小刀的来历，据说是 300 多年前，仁慈的真主看到英吉沙干旱缺水，土地贫瘠，人民生活困苦不堪，于是作为补偿，暗中指点佑助芒辛乡栏干村一位刀匠。从此英吉沙小刀脱颖而出，声名大噪。神话的传闻未必可信，不过英吉沙小刀的出现与当地人的生活习俗相关却毋庸置疑。历史上中国少数民族大都崇武尚刀，他们多以游牧为主，副食也多是牛羊肉，宰剥牛羊或切割肉块需要相适宜的刀具。维吾尔族和哈萨克族成年男子都喜欢随身带一把刀子，最初仅仅是为了日常生活中切肉、杀瓜、宰羊，后来演变成男人身上的装饰与实用于一体。维吾尔族人喜欢大块牛羊肉，尤其爱吃烤全羊。众宾团坐的筵席上，当美味飘香的牛羊肉端上来时，宾客们便纷纷亮出各式各样的刀子。这些小刀造型美观，做工精细，刀柄上用白银等镶嵌出了吉祥精美的图案，刀刃锋利无比。谁的小刀精美漂亮，人们就会投去赞赏的目光。

在新疆一把小刀形成了一种文化，一座小城因为小刀而成了"刀城"，这就是英吉沙县。这种文化的发展历程与新疆的维吾尔、哈萨克等民族的生活习惯是分不开的。

在买买提家的院子里，我有幸目睹了一把英吉沙小刀诞生的全过程。

今年 60 多岁的买买提，从 15 岁就开始跟随父亲学做小刀，在村里是出了名的制刀高手，一直以做小刀为生，慕名而订做刀子的人很多，因此他家的生意很红火。

新疆探险记

此时，他家宽大的院子里土制的大火炉，炉火正旺。铁锤的敲击声和沙轮转动的嗡嗡声，让整个院子热闹非凡。

买买提的小儿子买买提肉孜，将烧得通红的一块长条形的钢板，从炉火中用夹子夹出来，放在铁砧子上，有节奏地锻打起来，重复着一个工序一直将钢板锻打出了刀子的模型，然后又放到了炉火中，烧红了再进行锻打。大约一个小时后，锻打结束了，接下来的工序就是在沙轮上打磨刀刃了。从打磨刀刃开始，工序就变得越来越慢、越来越精细了。在一把英吉沙的小刀诞生过程中最精细的工序就是刀柄的镶嵌，用料的挑选、颜色的搭配等都是有讲究的。最见真功夫的工序就是，刀刃在沙轮上打磨完成以后，外形上一把刀子的主要工作完成了，事实上，这时刀子并不锋利，工匠们就将刀刃放在火中烧，然后拿出来突然放入水中，反复几次直至他认为刀刃的锋利度足够了为止。这个工序如果掌握不好，要么刀刃不锋利，要么刀子没有多大柔韧度，在使

摄影/文昊

用的过程中容易被折断。

最后一道工序是在刀柄上镶嵌出了吉祥精美的图案，这个过程比较慢，它讲究配料和图案的设计。

打造一把小刀大约需要半天的时间，在这半天里我反复观察着买买提的每个动作。

驴的天堂

8月2日早晨，我们离开喀什向和田进发。这天的行程是500千米，因为这里是塔克拉玛干沙漠的西南部边缘了。这里经常有沙尘暴出现，所以我们还是早早地上路了。

到达叶城县恰尔巴格镇已经是14时了。这天是巴扎日，维吾尔族老乡从四面八方赶着毛驴车走来。毛驴车头大部分坐着青壮年，手里拿着鞭子或者红柳枝条吆喝着毛驴车，在叮当的驴铃声中有节奏地走着。众多的毛驴车在公路上排成了一条长龙，像有人专门导演过似的，事实上是物以类聚的特点在小毛驴身上有了具体的体现。车上坐着老人、巴郎及妇女，他们用自己本民族的语言与自己的亲人说笑着或者与前后车上的乡邻们交流着。他们把赶巴扎当做一次与外界交流的好机会，一些关于生活，关于亲情的信息也就随之而来了。

到了巴扎上的这些毛驴车，车、驴不分地被存放在路边的空地上，整齐划一地排成了若干排，像等待检阅的士兵，等待着它们主人的归来。

毛驴背上的故事在新疆民间广为流传，提到毛驴人们会自然而然地想起"阿凡提"的故事。这个爱憎分明又乐于助人的维吾尔族传奇人物在民间是家喻户晓，人们把毛驴和阿凡提看作智慧的象征。

一个人牵着一头驮着两桶水的毛驴，从山间的河滩上很悠闲地走来，人的动作和驴的动作一样，不紧不慢，那叮当的驴铃就

是他（它）们共同的节奏，和谐而统一。这个韵律在这片土地上演绎了上千年了，依旧是那么的清晰明快。

在南疆，毛驴是维吾尔人最常用的交通运输工具之一，无论是戈壁、荒漠、乡间小路，还是在通往乡镇或者城里的宽阔大道上，到处是驴铃儿叮当，驴车儿穿梭，成了南疆农村的一道风景线。

据有关史料记载，3世纪毛驴就作为民间的主要运输工具了，也就成了农民家庭里的主要成员之一。人们用驴，爱驴，与驴的感情可以说是"亲如手足"，驴这个牲灵性情温顺听话，能吃苦耐劳，无论富裕还是贫困的人家，只要一把草料就可以把它喂饱。它从不挑挑拣拣，吃饱了则安心于劳作。驴的身体又非常好，很少生病，永远忠诚于它的主人。

巴扎上那就更热闹了。在巴扎上我似乎有一种身处异域的感觉，陌生的语言陌生的面孔，对我来说一切好像都是陌生的。

摄影/晏先

新疆探险记

和田问玉

　　我是缘于对玉石文化的仰慕于 8 月中旬到达和田的。兵团农十四师宣传部长告诉我这是最好的拾玉季节,你可以到玉龙喀什河采访到拾玉人。

　　在和田,老百姓沿河拾玉已有数千年的传统,人们主要是在河道中拾取流水冲刷暴露出来的仔玉。

　　玉龙喀什河,自古出产白玉、青玉、墨玉,尤其盛产羊脂玉,是和田地区出玉的主要河流。这条河源于莽莽昆仑山,流入塔里木盆地,与喀拉喀什河汇合成和田河。河长 513 千米。地质学家认为,是昆仑山融化的积雪把玉石带入河床的。玉龙喀什河大桥离和田市区仅两三千米。每年夏秋洪水过后,河道旁拾玉人的队伍最多能聚集上千人。不少沿河居民也利用茶余饭后的时间,在河床上边散步边找玉。拾玉人往往光着脚,手执木棍铁铲,弯着腰,沿河在卵石滩上漫步前行,一旦有发现,不管是什么颜色的玉,一律刨出,塞入口袋。邻近路过的行人见此情景,也都跃跃欲试,挽起裤腿,走进河床,企求拾到仔玉。

摄影/晏先

　　拾仔玉就是在河道中拾取流水携带和冲刷暴露出来的仔

玉。在昆仑山北麓，凡上游有玉矿，中下游就可以找到仔玉。从人类在昆仑山北麓定居至今，数千年从河道中拾玉已有传统和经验，大家皆知河中产玉，也认识玉。邻近和田两大河的常住户，家家都有仔玉就可以证明。现代没有拾玉的专业团体和组织，也不像古代要缴纳拾玉的税金，所以拾玉是分散而自由地进行的。拾玉既有专门从事者，也有随机者。凡邻近和路遇玉河的人，谁都跃跃欲试。

一路上，大约宽800米的河床上早有三三两两的维吾尔族人结伴采玉。听他们讲，在这个季节，夜间河道里洪水大，天亮时洪水退后容易在河床中找到被洪水翻起的玉石。选择拾玉的地点和行进的方向还非常有讲究。

拾玉人大多是维吾尔族老乡，头带八角小花帽，个个皮肤晒得黝黑，腰里挂的除了铁钩，就是干馕。"卡什塔石巴吗？"（维吾尔语，意为"玉石有吗？"）我们跟河道旁正在采玉的四五位老乡打招呼。他们中的一两个人立即从口袋里掏出几块形状各异的小玉石让我们欣赏。在河里拾到的仔玉，块头都不大，大的仅同拇指般大小，小的跟黄豆差不多，而且多为青玉或青白玉。如果能拾到拳头大小的玉石，尤其是白玉或羊脂玉，那是非常难得的。拾玉的老乡常说："玉遇有缘人。"拾仔玉就像

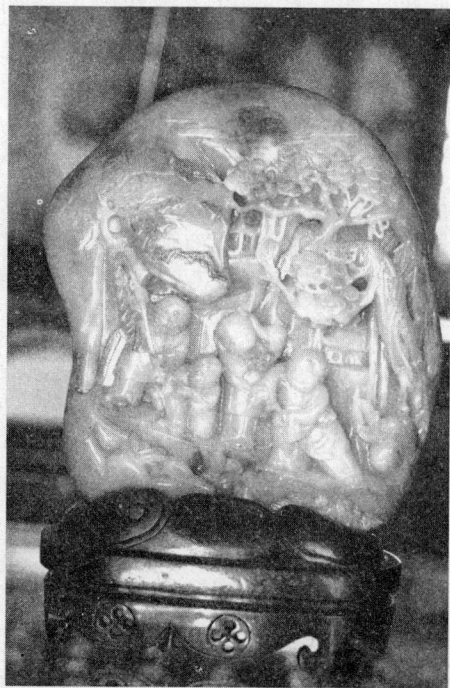

摄影/文昊

新疆探险记

大海捞针，要凭运气。

拾玉人的临时住所，俗称"石窝子"。在河道的卵石堆上斜着挖出一人多深、十多平方米的大石坑，然后用木条、席子、塑料布以及卵石封盖压实。石窝子内，柴米油盐一应俱全，还有个木板支起的大通铺。每到做饭时分，乱石滩上炊烟四起，俨然一个"采玉村"。

如今的常年拾玉人，已发展到使用挖坑采玉的方法：在河床上挖出三四米深的大石坑，七八个人齐上阵，有人挖石头，有人运石头，还有人蹲在一旁瞧石头，检查是否有玉石。在这些采玉人的石坑旁，总会立着一根木棍作为标记，以防他们去吃饭时石坑被别人占领。

最惊人的一幕，出现在我们快要到玉河渠首的两千米处。只听推土机、挖掘机轰轰作响，一两亩范围的土石坑内尘土飞扬，不少维吾尔族老乡都蹲在里面扒拉石头。老乡告诉我们，他们都是有钱的老板雇来的。老板供给他们饮食，开采出的所有玉石都要卖给老板。工人们用推土机先将河滩上厚达三四米的沙土层推开，露出下面的卵石层，再用挖掘机在卵石层上挖坑采玉。但问起有什么收获时，他们却摇着头讲："已经两个月了，还没见到一块白玉。"

专业拾玉人有较丰富的经验，很注意选择拾玉的地点和行进方向。他们找玉的地点往往在河曲内侧的石滩，河道由窄变宽的缓流处和河心沙石滩上方的外缘。这些地方都是水流由急变缓处，有利于玉石的停积。拾玉进行的方向最好是自上游向下游行进，以使目光与卵石倾斜面垂直，易于发现。但最主要的要随太阳方位而变换方向，一般要背向太阳，眼睛才不受阳光的刺激而又能较清楚地判明卵石的光泽与颜色。鉴于昆仑山北坡河流的流向主体上自南而北，所以，自上流而下最佳的拾玉时间是上午。但在河流流向变化的地方或阴天，则又当别论。随机碰到运气的

天山传奇丛书

拾玉者，没有条件讲究，只在有机会临玉河时，放慢速度，运足目光，格外仔细地去捕捉有玉石表象特征的信息。他们往往只注意白色石头，常被石英质砾石所愚弄，先欢快后遗憾，若真正发现玉石则欣喜若狂，大喜过望，给下次拾玉又积聚了力量。从玉石收购情况看，一般偶然得玉的产量占仔玉总产量不到十分之一。但是偶尔拾玉者有时能获得很好的白玉，这大约是因为他们特别注意白玉的缘故。河流中下游的仔玉块头都不大，多在 0.2～1.5 千克之间，其中小于 0.5 千克的约占 30％，仅有少数可达3～5 千克。小块玉亦可随形施艺，雕琢零碎活。

摄影/晏先

雨读和田

我曾经在江南梅雨里踽踽独行，在细雨的缠绵里去寻找空闲，那飘逸的小雨如丝如缕，足以慰藉我内心的孤寂和落寞。那里深深的小巷和色彩多样的油纸伞或者花洋伞，那伞下定会有浪漫的故事在上演。

这是江南的梅雨，梅雨的江南。

想必是很多人耳熟能详、记忆深刻的画面抑或经历。

然而，在西部，在塔克拉玛干沙漠上体会"梅雨"般的轻柔，是一般人少有的经历，或者不曾想也不敢想的"天方夜谭"。我偏偏经历着、品读着。那天是 2005 年 8 月 4 日。

我结束了和田之行，继续东去。下一站是若羌县米兰镇，也是兵团农二师三十六团的驻地。

4 日晚上，我的朋友兵团农十四师卫生局局长杨海洲及劳动局长曲长林为我饯行。我们刚刚坐到一起，天上就开始下雨，杨海洲风趣地说，雨在为你们送行啊！他告诉我和田几乎不下雨，可以说是滴雨贵如油。

和田一年中多半的时间是沙尘暴，天上下雨，对和田人来说是一件极为幸福的事情。所以，那天晚上大家的兴致特别高。雨，也就下了一夜。

次日早晨，我们出发时，雨就下大了。街上的行人却很多，许多人是走出家门来感受雨的。三五成群的人们在雨中漫步，在

其他地方是很难看到的。江南的雨季中，人们是在躲雨，而这里人们是专门出来"沐雨"的。两种心态，自然也就会产生两种不同的心情。位于和田市东郊的玉龙喀什河，由于连续降雨河水暴涨，浑浊的河水裹挟着泥沙奔涌而下。

这是一条流淌着玉的河流。它发源于昆仑山，昆仑山上等的仔玉顺河流而下，于是河边就有了许许多多的采玉人。在河流涨水的季节采玉，当地人是赤脚下到水里用脚去"踩"，去感觉，有经验的采玉人，脚只要一踏河里的玉石，就会感觉到是什么玉，甚至质地如何。

河边的公路上，成群结队的维吾尔族妇女、巴郎在雨中，和过往的行人出售着玉石，讨价还价，形成了一道和田特有的风景。

出了和田便是一望无垠的沙漠了。这时雨越下越大。沙漠里的一些植物，比如胡杨、红柳、梭梭、骆驼刺本来在干旱的沙漠里已经变成了浑黄的颜色，有的已经接近死亡的边缘，这场雨一

摄影/甄希林

新疆探险记

下就又开始返绿了。几峰骆驼听到汽车的声音开始奔跑起来，它们的奔跑惊动了几只躲在红柳丛中的野兔。这个场面有点像非洲的大沙漠。

野生动物的乐园

　　8月8日，因为要去阿尔金山，我们就早早地起来做准备，兵团三十六团副政委赵建新一再告诉大家，山上缺氧，身体差的最好不要去。可是大家精神都很饱满，临出发了谁还有不去之理？

　　阿尔金山自然保护区与青海的可可西里自然保护区接壤，它的南面和东面是莽莽的昆仑山。阿尔金山自然保护区始建于1983年5月，保护区面积占当时中国自然保护区总面积的27.6%，是迄今国内最大的自然保护区。保护区内现有野生动物359种，其中国家一类保护动物藏羚羊、藏野驴、野牦牛等12种，二类保

摄影／甄希林

护动物如黄羊等 17 种，高寒植物 267 种，分 30 个科 83 属。

　　山路路况很差，几十千米路段在阿吾拉孜沟里穿行。先是要越过沙子达坂，沟两边是百米高的细沙子堆积起来的悬崖，每时每刻都有塌陷下来的可能。这种沙子达坂的壮观也让我们大开眼界，一层层的细沙层像树的年轮，又像叠放在一起的大锅盔，上下几乎是垂直的。

　　过了沙子达坂便是有名的石头沟了。由于前天刚刚暴发过一次山洪，原来垫的沙土已不存在了，越野车只能在石头上跳行，40 多千米的路竟然走了 3 个多小时。等过了沟进入山野谷地时，海拔已经在 3500 米以上了。由于高山缺氧，大家开始感觉到胸闷、耳鸣、太阳穴处鼓胀。

　　进入山上的平地时，有十几只鹅喉羚时而奔跑时而驻足观望着，算是向我们致欢迎礼，这给有高山反应的我们注射了一针兴奋剂。

　　我们大约又行驶了半小时后，七八只藏野驴突然从远处向我

摄影/甄希林

们奔来，跑至距我们的汽车四五米远的地方开始与我们的车并行，后来越跑越快，直至超过我们的车。当它们超过时稍作停留，似乎想和我们进一步亲近。

赵建新副政委告诉我们，藏野驴对人类很亲近。

我望着远山上洁白的云和洁白的雪峰，一种莫名的心情涌上心头。我们和野生动物拥有一个共同的家园，事实上是我们打破了它们的宁静。以国家一级保护动物藏羚羊为例，由于近年来保护力度的加大和人类保护野生动物意识的加强，藏羚羊已上升至5万只左右。

近几个世纪以来，巴基斯坦人和印度人把一种叫"沙图什"的精美披肩视为稀世珍品，进行佩戴和收藏。这种披肩保暖性很强，据说鸟蛋放在里面可以孵出小鸟。披肩质地柔软，一块很大的披肩可以从一枚戒指中轻松穿过，所以在西方国家又被称为"戒指披肩"。

摄影/甄希林

到了 20 世纪初期，"沙图什"披肩在西方成了身份、财富和地位的象征，一条"沙图什"价值最高时可达 7 万美元，被称为"软黄金"。然而，这些"沙图什"是什么材料做的却鲜为人知。20 世纪 90 年代初，有蹄类动物研究专家美国人乔知·夏勒博士向世界公开了他的研究成果："沙图什"披肩的原料产自中国，是藏羚羊的绒毛。因为藏羚羊生活在 4500 米的高寒地带，所以它的毛柔软、轻便，具有极强的保暖性，因此它又被称为"绒中之王"。

一些不法分子将偷猎来的藏羚羊皮通过尼泊尔偷运到巴基斯坦或印度，由那里技艺高超的工匠们加工成披肩或头巾。一条"沙图什"披肩需要牺牲 3～5 只藏羚羊的生命。

藏羚羊是一种性情温顺、非常可爱的珍贵野生动物。除了在尼泊尔有少量分布外，主要生活在中国的三大自然保护区，即阿尔金山、羌塘和可可西里自然保护区。

藏羚羊极其聪明，但胆子却很小。在世界上绝大多数动物都不能够生存的恶劣环境中，它们自由自在地生息繁衍，每年的夏季它们则到雪山深处避暑，冬季来临了它们才到有水草的地方觅食。藏羚羊的心脏比普通羊大得多，占自身体重的 3％以上，血液中红血球含量很高，携氧量也比陆地上的其它动物大得多。藏羚羊的前肢下面有两个拳头大小的洞，当它奔跑时辅助呼吸。这就是为什么人在海拔 5000 米的地方已经缺了一半的氧，躺着都很困难，而藏羚羊却能持续以 60～80 千米的时速奔跑的主要原因。

到达若羌县公安局设在依吞布拉克镇的祁曼公安分局时，已是下午了。这个公安分局实际上仅有两个派出所，全部阵容只有 8 名民警，分局和派出所在一所破旧的房子里联合办公。分局局长阚永峰说，整个依吞布拉克镇居民不过百户，附近居住着的大部分是三十六团石棉矿和青海茫崖石棉矿的工人。

"风吹石头跑，地上不长草，氧气吃不饱"是民警们的顺口溜，也是这里的真实写照。阚永峰局长说，一个刚上山工作的民警在山上工作几个月后，下山后看到了青草绿树就开始哭了，可干起工作来宁肯流血都不流泪。阚永峰局长在山上工作了十几年，民警轮换了三四批了，可他仍然在这里工作着，守护着这片野生动物的乐园。

他很自豪地说，如今听不到盗猎分子的枪声了，听到更多的是藏羚羊、藏野驴、野牦牛自由奔放的鸣叫声。他还说他曾无数次地谛听着它们的叫声，这种声音是世界上最美妙的音乐，如天籁之音。

摄影/晏先

阿尔金山一家人

2005 年 8 月，我们的车一路颠簸着到达赵本先夫妇在高原的家，已经是中午了。

那会儿，他们夫妇正给过路的牧工做饭。

这里是阿尔金山山腰上，海拔 3100 米，几乎与世隔绝，315 国道盘山而过，说是国道，但崎岖陡峭的程度超出常人的想象。若遇大雪封山或洪水冲毁，经常 10 天半个月不通车。赵本先和妻子何光碧在这里生活了整整 23 年，把美好的青春岁月全留在了大山里。

一排低矮的土坯房就是赵本先夫妇的全部家当了。这里距山

摄影/晏先

上的石棉矿 90 千米，离山下的农二师三十六团 130 千米，四面环山，高寒缺氧，气候无常。赵本先夫妇喜欢称这里为"羊群站"。羊群站低矮的土坯房墙皮早已脱落，门窗已破损，房里有几张木板床，外加一口大铁锅、几张摇晃的桌椅，没有电，没有通讯工具，生活日用品和粮食蔬菜全靠过路汽车从团里代运，生活用水就指望旁边的一股泉水。

54 岁的赵本先中等个子，敦厚，初看有些木讷。他是三十六团畜牧连职工，18 岁参加工作就在远离团场的牧区放马、放羊。当年，长着一双大眼睛，皮肤雪白的天府姑娘何光碧就是看上了赵本先人老实、忠厚才决定嫁给他的。结婚后，赵本先常年在牧区放牧，一年只能回家一两次，两个儿子出生时他都不在跟前。何光碧既要照顾年迈的公婆，又要抚养孩子，赵本先每次回家，孩子们都离他远远的，他的心像刀剜样疼。山区放牧是个苦

新疆探险记

摄影/甄希林

天山传奇丛书

差事，时而狂风，时而雨雪，啃干馍，吃干菜，整日与羊、马、星、月为伴，有时整月整月见不到个人。赵本先说："活再苦也得有人干呀……"他没有退缩，多次被团评为先进生产者。

1982 年，三十六团为了给牧区职工的衣食住行提供方便，建起了羊群站。站上的主要任务是给 20 多个放牧点的 80 多名牧工发放面粉清油和日用品。赵本先把两个孩子交给老人后，毫不犹豫地带着何光碧来到了这人迹罕至的羊群站。那一年，赵本先31 岁，何光碧 28 岁。

上不着村下不着店的羊群站，远离现代文明，夫妇俩惟一了解外面世界的途经就是通过一个破收音机。单调的生活，寂寞的岁月，使他们过早地苍老，深深的皱纹，稀少的头发，粗糙的双手，被高山紫外线照射的黝黑皮肤，印证着岁月的艰辛和沧桑。但是夫妇二人善良的眼神，却透露着与世无争的坦然。

1989 年，羊群站开始承包，一切费用全部自理，工资收入

摄影/竹山

靠来往人的食宿费。放羊出身的赵本先知道牧工的辛苦，23年来，从未收过牧民一分钱的住宿费。相反，夫妇俩多次捡到过往行人掉在站上的公文包、手表、项链、手机等贵重物品，全部如数退还给失主。1991年，有位若羌县老板路过羊群站吃饭，掉在站上一个包，内有存折、发票总计2万多元，现金700多元。当他回到站上时，赵本先提着包正迎他呢。老板感激万分，非要把700元现金送给赵本先以表谢意，被婉言谢绝后，他连声说："没想到现在还有这么好的人。"

小苏来曼也是畜牧连的一名牧工，1989年6月，山上雨雪交加。一天晚上，他的羊群被狼赶走，小苏来曼向赵本先紧急求救。赵本先二话不说，冒着寒风冲进雨雪中……两天两夜后，除了少部分的羊，其余的羊全部安全找回，而赵本先却患了重感冒。

1988年的一天，维吾尔族职工阿不都外力羊群中有一只母羊因早产，身体弱不能跟羊群，就把这只羊送给了赵本先夫妇。在何光碧的精心喂养下，那只母羊长得又肥又大，当阿不都外力下山时，赵本先夫妇硬将羊还给了他。

三十六团牧区每年产羊毛8吨以上，谁能说，这其间少得了赵本先夫妇的心血和汗水？牧民半夜求助，他们立刻起床；有人半夜吃饭，他们点火上灶；有人病了，他们就把自己保存的药拿出；碰上雨雪天牧民衣服没带够，他们就把自己的衣服拿出给牧民穿上。各放牧点的粮油都是自给，从团里带到羊群站，再由赵本先夫妇代管。由于交通不便，各牧点的粮油经常不能按时带到，就先向羊群站借。牧民来吃饭没带钱，算了；牧民没钱花了，先拿去。赵本先的话很朴实："谁让咱们都是牧工呢？"夫妇俩手里有一叠厚厚的欠条，折合人民币达一万多元，至今没有收回。"都是牧工，收不回就收不回，算了吧！"这对忠厚的夫妇说得很轻松。别的不说，光他们夫妇帮助过往车辆加的汽油和柴油就有 3 大桶没有收回。

　　在山里，最怕的就是生病。赵本先患有关节炎、高血脂等，经常遭受病痛的折磨。1995 年的一天，他阑尾炎突然发作，生命垂危，正巧一辆甘肃来找矿的车路过，夫妇俩百般求助，司机才把他带到 90 千米外的石棉矿医院进行了手术。2000 年的一天，赵本先多种疾病发作，何光碧急忙搭车下山去团医院买药，返回途中正遇大雪封山，车抛锚在路上，离羊群站尚有 30 多千米路。牵挂着丈夫的病情，何光碧心急如焚，怀揣着药品大步上山，可走了几千米，就再也走不动了。想想山上的丈夫，她咬紧牙关站起，跌跌撞撞向前向前……鞋、袜全跑掉了，人也快冻僵了，幸亏一辆下山的车救了她，否则非丢命不可。

　　热腾腾的饺子摆在桌上，没人动筷子。妻子在抹泪，赵本先心里也不是个滋味。想孩子，想……站上空荡荡，山上死一般沉寂。一年、两年……就这样，夫妇俩在海拔 3200 米的高山上守着一个破收音机过了 23 个春节。"如果我们走了，牧民和过路的

摄影/晏先

人怎么办?"说来令人酸楚,夫妇俩最大的企盼,竟是能听到汽车的声音,能见到人说说话。

　　我们没有合适的语言来安慰他们,因为此时一切语言都是苍白无力的。临别的时候,他们送了我们很远,我们的车已经走了很远了,我回头看,他们夫妻还在向我们招手⋯⋯

野人的传说

《穆天子传》中周穆王西游巡狩,"升于昆仑之丘,以观黄帝之宫",描述阿尔金山是神仙居住的地方。玄奘西游归来,记述大流沙以东的情景,凄惨如鬼魅之乡,令人毛骨悚然,指的就是阿尔金山。19世纪末,俄国人普尔热瓦斯基曾经写过这样的文字,阿尔金山地区"是一片辽阔的极端缺水的不毛之地"。

传说在阿尔金山自然保护区内,有一处神秘的峡谷,每当狂风大作时,乌云伴随着电闪雷鸣和雨雪冰雹,地面上有一团团的蓝色的火焰在闪闪烁烁,来回飞旋,上下跃动。每当这时,就能听到远处有人哀嚎着喊:"救命!"还夹杂着猎枪的响声。一场雷鸣和暴风骤雨过后,一切都归于平寂。山坡和谷地上,到处都可以看到许多野牦牛、野驴和羚羊的尸体,在此度夏的牧民的家畜也不明不白地死去,而那些游牧、狩猎和挖金子的异乡客也往往葬身山谷。于是,人们只好远离这里,并把这里诅咒为"魔鬼谷"。

阿尔金山地区流传的关于"大脚怪"的故事曾经一度流传得沸沸扬扬,据说亲眼目睹者也不止一例。

在一个风雪交加的傍晚,有个维吾尔族牧民正欲牧归,突然发现了一个形状似人、裸身、浑身似雪的怪物。这怪物身材巨大,会直立行走,上肢大幅摆动着前进,步子比成年人要大一倍。牧民想追上去看个究竟,但那怪物迅即消失在莽莽雪野中。仔细察看,只见雪地上留下的那怪物的脚印竟有一只山羊腿那么

长。这种怪物在依吞布拉克矿区也有发现，据说，怪物身高超过两米，一米多高的短墙可以毫不费力地跃过。这是什么动物？人们得不出结论，只好命名为"大脚怪"。其实，这也就是国内外纷纷在论证的"雪人"、"野人"。

1984年10月5日，阿尔金山自然保护区综合考察队一行9人，在科考队顾问赵子允工程师和新疆维吾尔自治区体委登山队长甄希林带领下，早晨由大本营出发，执行科考任务。他们绕过美丽的阿其克库勒湖南岸，涉过汹涌澎湃的月牙河，一辆北京牌小汽车发生故障，但距预定营地还有65千米。为了执行谢自强副队长严格的计划，临时决定用大车拖着小车行进。在夜幕中这支小小的车队，以每小时10千米的速度准确无误地穿山越岭向前挺。

10月6日1时30分，新疆科学分院地理所的科技人员黄明敏和阿尔金山自然保护区的司机李庆祥，在车灯下首先发现的雪

摄影/晏先

新疆探险记

人足迹清晰地印在河滩雪原之上。足印长 0.4 米，呈向前的外"八"字形，单步距 1.5 米，两脚后跟距离 0.6 米，左转右拐地向南部西藏方向走去。那是百里湖塘密布区，草原茂盛，动物较多，食物丰富。时到冬季，可能为生活所迫而迁徙。

雪人脚印的详细位置在木孜塔格雪山以东，雪照壁山正南，月牙河上游的河床中，处于东经 87°，北纬 36°附近，海拔5000 米。

后来摄影师顾川生在海拔 5300 米的冰川前，登山队员甄西林在海拔 5750 米的冰川上也发现了同样的脚印，曾引起考察队员们的一片惊慌。经验丰富的赵子允工程师向大家做了解释。雪人，又名"大脚怪"，近 20 年来相继被登山队、科考队、边防军所发现，它们分布在喜马拉雅至帕米尔一带。据报道，它身高2.2 米左右，直立行走，食性杂，穴居，浑身长棕黄的毛，长发披肩，智力处于原始类人猿状态，不主动进攻人类，而且怕人。

野人之谜在世界上争论已久，木孜塔格的野人发现，大大扩大了雪人的分布范围，为解开野人之谜开拓了新的途径。

只是鉴于没有实物为证，就如飞碟一样，仍旧停留在传闻的基础上。以上这些记载和传闻，显然是神话，或者是不甚科学的结论，抑或是一些未经证实的传说，但对于外界人来说，却更增添了他们对阿尔金山自然保护区的神秘感。现在，让我们撩开它那层神秘的面纱，看看它那美丽的容颜吧！

关于与野人的传说新疆就有好几个版本。新疆科学家袁国映和袁磊就曾经考察过巴尔鲁克山的小毛人。巴尔鲁克山位于新疆塔城地区裕民县和托里县境内，阿拉山口北侧，是一座相对独立的山脉，山脉的西部尽头，是中国与哈萨克斯坦的分界线。至今它很多地方保持了近乎完整的原始风貌，它的汉意为"富饶、富足，无所不有"的意思。巴尔鲁克山体并不高大，其主峰孔塔坎普峰海拔仅 3252 米，但山势陡峭，相对海拔并不低。山脚下的

塔斯特河和布尔干河，是两条外流河，分别从两个方向向西，流入哈萨克斯坦境内。布尔干河谷因为高山环抱，人迹罕至，以神秘著称，被当地人称为"英雄谷"。在20世纪70年代初因中苏边界争议而出名。巴尔鲁克山还出了个名人，那就是山下裕民县的哈萨克族爱国人士巴什拜·乔拉克。在抗美援朝时，中国著名豫剧表演艺术家常香玉，曾捐赠了一架战斗机，而同时新疆裕民县的巴什拜也捐赠了一架战斗机则鲜为人知。此外，在抗日战争时期，他还捐赠过500匹配齐了鞍具的战马，用于打击法西斯侵略者。他亲自繁育了有名的良种绵羊巴什拜羊，为新疆的畜牧业发展作出了杰出贡献。

进入21世纪，一首嘹亮的军歌《小白杨》传遍了全国各地，这首脍炙人口的歌就诞生在号称西北第一哨的"小白杨"哨所，而"小白杨"边防哨所就在巴尔鲁克山上。

为守卫国土捐躯的兵团战士孙龙珍烈士的墓地也在巴尔鲁克山脚下。当年，她是为了保卫国家领土的完整，在与外敌斗争中

摄影/竹山

牺牲的。据说，根据新签署的边境协议，中国的边境在这里向西推进了 10 千米（如今，她为之斗争的那块土地已经划在中国版图之内）。

白桦、山杨在夕阳下泛着金光，染得山坡一片片金黄。西望远处，位于哈萨克斯坦宽阔的阿拉湖，开阔的湖面烟波浩淼，在广袤的丘陵草原间反射着夕阳金光闪闪，这里真是个迷人的风景旅游区。

看来，巴尔鲁克山还是个藏龙卧虎之地，而巴尔鲁克山大头小毛人的发现，更使它增添了神秘的色彩。

200 年 10 月 1 日，好天气。为了考察小野人，新疆科学家袁国映和袁磊租了一辆三菱越野车，带上摄像机、照相机、夜视红外望远镜及帐篷、睡袋等，来到了巴尔鲁克山下的裕民县。

汽车停在县城南的一排平房前，一开门就看到院中一捆已刷了红油漆的帐篷杆子，有四五十根。没错，这就是哈萨克族木工吐尔逊的家，他是小毛人的第一见证人。袁国映看到这些木杆的

摄影/甄希林

根部用刀砍成了锥形。

袁国映请吐尔逊坐在小凳子上拿着砍刀拍了几张照片。他们约好，第二天同去发现小毛人的塔斯特山谷。

当晚他们来到巴尔鲁克山上一个部队的营房，这里离塔斯特水库约 24 千米，3 年前发现小毛人的地点就在那座水库的上游。袁国映看着夕阳下的巴尔鲁克山，期望第二天有所收获。

10 月 2 日，又是个晴天，裕民县旅游局副局长艾斯哈尔带着吐尔逊、萨拉乔和旅游区王经理早早来到了部队营房。两辆车一起前往，穿过丘陵草原，进入了塔斯特河谷。

这里是塔城地区有名的巴尔鲁克山风景旅游区，河谷中高大的密叶杨、桦树林密布。沿河而上，峡谷口出现了一座水坝，约 3 万平方米的一池清澈的碧蓝色湖水出现在眼前，衬托着山谷中的森林，真有些九寨沟的风情。

越野车缓慢前进。水库上游有两条支沟，车涉水过河，开向北部支沟，爬上平坦的河滩，行了不到 2 千米，只见宽阔的河滩中部出现了几丛三五米高的柳树，每丛有数十棵，每棵有手指或手腕粗。

下了车，吐尔逊指着靠西的一丛柳树，说这就是当年看到小毛人的地方。他又指着西面约 150 米的树丛和几棵杨树说："就在 1997 年 4 月的一天，看见那儿的一丛柳树上，面对面坐着两个身高大约一米像五六岁孩子般大的东西，头很大，棕黑色，还摆动着悬空的两条小腿。当时我以为是水库管理员或是附近一家牧民的孩子在玩耍，就没有在意。"吐尔逊不会汉语，艾斯哈尔给他做翻译。

吐尔逊是一个以做帐篷杆为生的木匠。他有父辈传下来的一把小镰刀，带有锯齿，十分锋利，是他的传家宝工具，他用起来非常方便，是他的心爱之物。有一天，他砍完木头，放下镰刀拿起另一工具去干活。半小时后，他去取镰刀，却怎么也找不到了。最初他还以为是水库管理员拿去用了或是附近牧民的孩子拿去玩耍了，也就没有把这件事放在心上，反正他们是要还回来的。

吐尔逊收工回去后，到了水库管理员戈蒙哈孜家里去找。戈蒙哈孜说他今天没有出去过，没有拿那把镰刀。于是，吐尔逊又到附近的几户牧民家去问，结果都说没有拿。他们这里民风淳朴，别说一把镰刀，就是再贵重的东西也没有人去偷。镰刀到哪里去了？他很纳闷。

第二天，吐尔逊在他干活的地方发现多出了两根柳木杆，皮刮得很光，但下部的断口则是一个方向，很乱。这绝不是他砍的，因为他砍的树枝是从几个方向砍下，中间是断开的。

吐尔逊就更加奇怪了。

第三天，吐尔逊又发现了两根木头，同样，第四天也发现了两根。吐尔逊有些害怕了，因为，他曾经听老人们讲过这里出现过野人的故事，当时他还不相信，现在他不得不相信了。于是，他离开了这个地方到下游其他地方去干活了。

做帐篷杆最好的木头是柳树，它有韧性和弹性，而且够长度。这一带的柳树多，吐尔逊舍不得这个地方，第二年他又回到这里，却发现在洪水冲过的河滩中露出许多根刮掉皮的柳树杆。他连挖带捡，共找到六七十根木杆，大多都能用来扎帐篷，砍的刀口与以前的一样，都是从一面砍的。

"我想这些木杆只能是那小毛人学我的样子砍下来的。"

吐尔逊告诉袁国映，他曾经先后 3 次看到过小毛人：有一次是两个，有两次是 4 个。最后一次看到的时间是 199 年 9 月，看到的也是 4 个。那次是在南面低山上和水库管理员戈蒙哈孜一同看到的。

吐尔逊带着袁国映一行来到一丛柳树中，他指着一个被砍掉树干的细树桩说："你看，这就是小毛人砍树的印迹。"

"小毛人是在树上飞奔，我在地面沙地周围没有找到他们行走的足迹。"他又对袁国映说。

　　袁国映发现附近几丛柳树，有几根约手腕粗的树干有被压倒的痕迹，树杈处大多被压裂，有的快要断了，但树枝仍活着。袁国映拿出卫星定位仪，测了这里的位置是北纬 45°51′11″，东经 82°47′48″，海拔 1130 米。

新疆探险记

摄影/甄希林

　　10月3日，是个好晴天。袁国映一行一早赶到水库上游，进入南支沟中考察。汽车行了约5千米，就再也没有可以通行的路了，他们只好步行。这一带是针叶、阔叶混交林分布区，沟中密叶杨有许多老树，长得很高大，有的直径在1米以上，高近30米。

　　五六千米的路程中，袁国映发现多处马鹿和野猪粪便，还有几片被野猪刚拱过的黑土草地。由于牧民和羊群已在9月下山，山沟中很寂静。在接近沟口较为宽阔的河谷中，确有几株树皮发黑的黑木树分散在沟中，那横长的粗树杈，吊起个小孩是可能的。

他们返回沟口，又进入昨天的北部支沟，在发现小毛人的柳丛附近隐蔽处扎起了帐篷，除留下两个人进行观察外，其他人进入山沟深处。从山梁上望去，层层沟谷中针、阔叶混交林十分浓密，适于野生动物休养生息。但看来北支沟的水量比南沟的大，河谷也较宽阔，发现小毛人的河谷宽达百米。

他们原计划在这里至少潜伏一昼夜，以期拍到小毛人的照片，若运气好能活捉一个更好。

但根据访问，目击者看到小毛人的事都在3年前，近几年已再无影踪，加上根据现场考察的状况，见到小毛人的可能性十分渺茫。他们一直观察到太阳快落山才收兵回营。

第4天，他们下山。察汗托海牧场的副场长吴学斌也是目击者。他们便来到吴学斌的家。

"我喜欢打猎。那还是十多年以前的事。我曾看到什么动物在树上行进，速度很快，树枝摆动得很厉害，但因太远，在一两百米以外，也没有看清。但那绝对不是豹、熊、马鹿等已知动物。以后听人说发现小毛人，我才想起来，那可能就是他。因为这里没有猴类，其他动物不可能在树枝上跳动。"吴学斌说。

看来，小毛人的目击者很少。袁国映想，是否小毛人的故事是编造的？但经仔细判断、琢磨和观察，显然吐尔逊等都是老实巴交的人。他们讲给袁国映的情况与去年记者访问的情况基本吻合。据传，哈萨克斯坦也出现过野人。它们是否有联系？

袁国映无法否定小毛人的存在，但目击证人实在太少了，他们这次考察也没能取得直接的物证，如照片、毛发、足迹或骸骨等。

另一个问题是，这里没有热带雨林那样浓密高大的树木，小毛人如何能在柳丛和距离那样远的树上飞奔？还有个问题是巴尔鲁克山冬天雪很大，有些地方雪深达一米，在这样寒冷的地方小毛人怎样存活？在夏季，这里植被茂盛，有野生植物和果子，也有许多小动物，吃的倒不难找，但冬季他们靠吃什么生存？

看来巴尔鲁克山大头小毛人之谜还有待今后进一步探究。

袁国映问萨拉乔，还有没有小毛人的目击者？他说还有个小孩曾被小毛人吊在树上。10月2日下午，袁国映和袁磊在萨拉乔带领下，开车到裕民县附近的一个山沟，过了一条小河，爬上了山坡，来到了一幢土屋前。他们的运气不错，那个孩子正好在家。

这个孩子叫马尕子·吉汗，今年15岁，戴着个蓝色鸭舌帽。他不会汉语，通过艾斯哈尔翻译，知道了我们的来意，便坐在床边开始说。

"那还是1999年或是2000年发生的事情，具体时间记不清了。当时是假期，我到大伯家去玩，他的帐篷就在水库大坝上游

172

摄影/甄希林

的南面支沟中。有一天我去捡柴火，在一株黑木树下，正弯下腰拾木柴，突然有什么东西把我从后面拦腰抱住，然后用我带来的毛绳把我吊到了树上。当时我吓得要命，只看到他的手臂上长满了毛。当时我很害怕，也没有仔细看。过了一会儿，我清醒过来，才大声喊叫救命。后来，遇到了一个亲戚骑马路过，才把我放下来。他问谁把我吊到了树上，我说是个长满毛的怪物，他说我开玩笑。回去告诉我伯父，他也不信，说他在那里住了许多年，从没有看到什么毛人。"

袁国映问他："小毛人是怎样把你吊到树上的？"

"他把我用绳子从脖子后面勒住，从前面吊起来的，我的脖子都挂破了，痛了很久，还结了疤，过了好多天才好。"

新疆探险记